소울 무비
소울 푸드

소울 무비 소울 푸드

2024년 8월 30일 초판 1쇄 발행

지은이 | 하라다 사치요
옮긴이 | 장한라
펴낸이 | 양승윤

펴낸곳 | ㈜와이엘씨
서울특별시 강남구 강남대로 354 혜천빌딩 15층
Tel. 555-3200 Fax. 552-0436

출판등록 | 1987. 12. 8. 제1987-000005호
http://www.ylc21.co.kr

값 19,000원
ISBN 978-89-8401-265-3 03860

* 영림카디널은 ㈜와이엘씨의 출판 브랜드입니다.
* 소중한 기획 및 원고를 이메일 주소(editor@ylc21.co.kr)로 보내주시면, 출간 검토 후 정성을 다해 만들겠습니다.

映画の料理

소울 무비
소울 푸드

하라다 사치요 지음 | 장한라 옮김

영림카디널

차례

映画の料理

밥과 다시

준비 재료

- 다시마 10cm
- 가쓰오부시(말린 가다랑어포) 20g
- 물 600ml

다시*

1. 냄비에 물과 다시마를 넣는다. 1~2시간 정도 담가 우려둔 뒤, 중약불에서 끓인다. 끓어오르기 전에 불을 끈 다음, 다시마를 꺼낸다. 다시마 끓인 물에 가쓰오부시를 넣어 5분 동안 우려낸 뒤 체로 거른다.

2. 1번 과정은 생선으로 만든 인스턴트 건조 다시(다시 가루) 2작은술이나 국물용 팩 1개를 써도 된다.

3. 인스턴트 건조 다시를 사용하는 경우, 동일한 양의 물을 준비한 다음 다시 가루를 2작은술 넣는다. 또는 동일한 양의 물에 국물용 팩 1개를 물을 넣고 끓인다.

*다시는 가쓰오부시, 다시마 혹은 멸치 등의 잔 물고기를 쪄서 말린 니보시, 말린 표고버섯 등을 물에 넣고 끓여 감칠맛을 우려낸 일본의 육수를 말한다.

준비할 재료

- 흰쌀 450g
- 물 660ml

흰쌀밥

1. 쌀을 준비한다. 쌀을 볼에 넣고 찬물을 부어 손으로 휘저어 씻은 다음, 빠르게 물을 버린다. 깨끗한 물이 나올 때까지 반복해서 씻는다. 씻은 물을 버린 다음 쌀을 냄비에 넣고, 물을 붓는다. 쌀이 하얗게 될 때까지 1시간 정도 불려 둔다(불리기 전 쌀은 반투명하다).

2. 냄비 뚜껑을 덮고, 센불로 3분 동안 끓인다*. 그 다음, 약불로 낮춘 뒤 10분 동안 끓인다. 그 뒤에 냄비를 불에서 내리고, 쌀이 마저 익도록 뚜껑**을 덮고 10분 동안 뜸을 들인다.

3. 물기가 있는 나무 주걱으로 밥을 휘젓는다.

* 타이머를 준비하면 요리하는 데 유용하다.

** 수증기가 빠져나가지 않게 하려면 뚜껑이 필수다.

- 냉동 보관법: 밥이 아직 뜨거울 때 넷으로 나누어 주방용 랩으로 감싸 놓는다. 실온에서 식힌 다음, 냉동실에 넣는다. 해동할 때는 전자레인지에서 3분 정도 데워 해동한다.

찜과 튀김

"맛있는 가라아게는 육즙이 풍부하고 바삭바삭해서 참지 못하고 먹게 됩니다."

[마이코네 행복한 밥상]

준비 재료

• 식물성 기름 3컵
• 뼈를 발라내고 껍질이 붙은 닭 다리살 4조각, 또는 닭 가슴살 4조각
• 감자 전분이나 옥수수 전분 또는 밀가루 1컵
• 레몬 1개

양념 재료
• 간장 60ml
• 요리용 청주 60ml
• 후추 1/5작은술
• 간 마늘(마늘 2개)
• 간 생강 1큰술

가라아게

1. 양념 재료를 준비한다. 우묵한 그릇에 간장, 청주, 후추, 간 마늘과 간 생강을 넣는다.

2. 닭 다리살을 3~4cm 크기의 조각으로 썰어 준비한 양념에 재운다. 우묵한 그릇의 뚜껑을 덮고 냉장고에서 20분 정도 재운다.

3. 튀김 냄비에서 기름을 160°C로 데운다(살짝 물기가 있는 젓가락을 기름에 담궜을 때 자잘한 기포가 올라오면 적당한 온도다). 닭고기 조각을 양념에서 꺼낸 뒤, 물기를 털어낸다. 전분 또는 밀가루를 물에 풀어 준비한다. 이 전분에 닭고기 조각을 넣어 튀김옷을 넉넉하게 입힌다.

4. 달궈진 기름에 닭고기 조각을 넣고 황금빛이 돌 때까지 5분 정도 튀긴 뒤, 키친타월에 올려 기름을 제거한다. 기름 온도를 잘 유지해가며 나머지 닭고기 조각을 튀겨낸다. 레몬 조각을 곁들여 접시에 담아낸다.

"식전주와 함께 먹기에 딱인 이 닭 날개 튀김은 손가락까지 써가면서 정신없이 먹게 됩니다."

[심야식당]

준비물

- 닭 날개 12개
- 간장 3큰술
- 사케 또는 요리용 청주 2큰술
- 간 생강 20g
- 후추가루 1꼬집
- 옥수수 전분 또는 감자 전분 1/2컵
- 튀김용 기름(식물성 기름, 유채유 등) 2~3컵
- 레몬 1개(곁들임용)

데바사키 가라아게

닭 날개 튀김

1. 우묵한 볼이나 주방용 지퍼백에 닭 날개를 집어넣은 뒤, 간장, 청주, 간 생강, 후추를 넣는다. 잘 섞고 주무른 다음, 15분 정도 양념이 배도록 재워둔다. 간장과 청주 대신 데리야키 소스 5큰술로 대체해도 괜찮다.

2. 닭 날개를 재워둔 양념에서 꺼내 물기를 뺀다. 볼에 감자 전분을 넣고, 닭 날개를 집어넣는다. 너무 전분이 많이 묻으면 털어낸다.

3. 무쇠솥이나 튀김 냄비를 중불에 올려 튀김 기름을 170°C로 가열한다(가열한 뒤에는 중불로 낮춰 온도를 유지한다). 기름을 저어가며 젓가락을 이용해 온도를 확인한다. 젓가락을 먼저 물에 담갔다가 물기를 살짝 닦아낸 다음, 튀김 기름에 담근다. 170°C가 되면 중간 크기의 기포가 보인다.

4. 튀김 기름에 닭 날개를 넣고(한 번에 4개 정도), 황금빛이 돌 때까지 8~10분 정도 튀긴다.

5. 닭 날개가 바삭바삭하게 잘 익으면 꺼내서 체망이나 키친 타월에 올려둔다.

6. 레몬 조각을 곁들여 낸다.

"쉽고 빠르게 만들 수 있는 요리입니다. 시판 덴푸라 가루를 쓰거나, 일반 밀가루를 써서 직접 덴푸라 반죽을 만들 수 있습니다."

[나를 잡아줘]

새우 덴푸라

• 생새우 12마리
• 튀김 기름 3컵

튀김옷 재료
• 밀가루 100g + 새우에 입힐 것 약간 더
• 달걀 1개
• 차가운 물 150ml
• 소금 1꼬집

소스 재료
• 다시 400ml(9페이지 참고할 것)
• 미림 3큰술
• 간장 3큰술

도구
• 무쇠 냄비 또는 프라이팬

1. 덴푸라가 바삭해지도록, 반죽을 만들기 전까지 튀김옷 재료와 볼 또는 우묵한 그릇을 모두 냉장고에 넣어둔다.

2. 작은 냄비에 소스 재료를 모두 집어넣어 끓인다. 한소끔 끓인 다음 불에서 내린 뒤, 그대로 보관해둔다.

3. 새우 껍질을 벗긴다(꼬리는 남겨둔다). 등을 갈라서 검은 내장을 제거한다. 익혔을 때 오그라들지 않도록 새우의 배에 몇 군데 가볍게 칼집을 낸다. 손으로 힘줄도 끊은 뒤 새우를 길게 편다.

4. 우묵한 그릇에 밀가루를 체 쳐서 넣는다. 볼에 달걀을 풀고 물을 섞은 다음, 밀가루가 들어 있는 그릇에 넣는다. 젓가락으로 빠르게 섞는다. 반죽을 너무 많이 젓지 않는다(반죽이 지나치게 끈적해지는 것을 막아준다).

5. 튀김 기름을 180°C로 가열한다. 180°C에서는 살짝 물기가 있는 젓가락을 튀김 기름에 담궜을 때 샴페인에서 나는 것과 비슷한 크기의 기포가 올라온다.

6. 새우에 밀가루를 입힌다. 젓가락으로 튀김 반죽에다 새우 3~4마리를 넣은 다음 꺼내어, 바삭바삭해질 때까지 튀긴다. 키친타월 위에 서로 기대어 세워두면, 기름이 많이 제거된다. 나머지 새우도 똑같은 방법으로 튀긴다.

7. 소스를 데워 그릇 4개에 나누어 담는다. 새우 덴푸라를 작은 접시에 담아서 낸다. 소금만 살짝 뿌려서 먹거나, 소스에 담가서 먹는다.

토일렛

오기가미 나오코 – 2010년

어머니가 돌아가신 후, 캐나다인 삼남매는 모국인 일본에서 이제 막 도착한 할머니를 집에 맞아들인다. 그 누구도 가까이 하는 법이 없고 그 어떤 감정도 느끼려고 하지 않는, 조금은 괴짜 같은 엔지니어 레이는 과거 피아니스트였지만, 지금은 은둔하며 생활하는 형 모리, 그리고 주변 사람들에게 늘 조금 못되게 구는 누이 리사와 함께 살게 되며 갑자기 혼란에 빠지게 된다. 게다가 할머니는 영어 한마디 하지 못하는지라 그 누구보다도 가족 간의 유대 관계를 만들기가 어렵다. 토론토 국제 영화제에서 수상한 이 영화는 감동적이고, 따스하고, 현실과 동떨어진 것 같은 느낌을 주며 마음을 차분하게 해주는 느긋함이 감돈다. 곁가지 에피소드들이 더러는 긴장감을 주기도 하지만, 가족 사이의 연민, 그리고 가까운 이들과 맺는 유대감을 성찰하게 해준다. 우리가 종종 잊고 지내는 그것 말이다….

센과 치히로의 행방불명

미야자키 하야오 – 2001년

이 애니메이션은 최고의 성공을 거둔 일본 영화라는 명성을 20년 가까이 유지했으며, 오스카 상과 베를린 국제영화제 황금곰 상을 수상했다. 가장 전통적인 것들을 담아내면서도 성공을 거둔 작품으로 꼽히는 이 영화는 우리를 신앙, 민속, 전통이 가득한 일본의 모습 속으로 푹 빠져들게 한다. 10살 치히로는 부모님과 함께 차를 타고 새로운 집으로 향한다. 그들은 폐업한 놀이공원이라고 생각했던 곳에 잠시 멈춰 서게 되는데, 부모님이 허겁지겁 음식을 먹는 동안 치히로는 따로 갈라져 돌아다닌다. 그리고 날이 어두워져 다시 부모님에게로 가니, 부모님이 돼지로 변했다는 사실을 알게 된다. 이렇게 막 발을 들인 정령의 세계에서 벗어나기 위해 치히로는 기나긴 모험을 시작한다. 치히로는 무시무시한 마녀 유바바에 맞서 가족을 풀어주고자 노력하고, 평범한 삶으로 돌아가려 한다. 이 훌륭한 영화는 천 년 넘게 이어져 온 다신교적 신앙인 일본 신도의 거대한 전통 속에 자리 잡은 설화인 동시에 환상적인 이야기다. 또한, 현실과 초자연적 세계를 경계 없이 뒤섞어 놓았는데, 카미라고 불리는 자연의 정령인 신들은 살아있는 자들의 세계에서 일상적으로 같이 살아간다.

"'쟈오쯔'라는 중국 만두에서 유래된 이 작은 반달 모양 일본 만두는 제2차 세계 대전 이후에 대중화되었으며, 바삭하면서도 부드럽습니다."

[토일렛]

교자

준비할 재료

- 식물성 기름 1큰술
- 뜨거운 물 150ml

만두피 재료
- 미온수 90ml
- 소금 1꼬집
- T45* 밀가루 130g
- T55* 밀가루 50g

속재료
- 배추 또는 고깔 양배추 200g
- 소금 1작은술
- 파 40g
- 표고버섯 또는 양송이버섯 50g
- 다진 고기 150g
- 간장 1큰술
- 참기름 1큰술
- 요리용 청주 1큰술(선택 사항)
- 간 생강 20g
- 간 마늘 10g
- 후춧가루

서빙용 재료
- 간장
- 현미 식초
- 라유(고추기름, 선택 사항)

*프랑스 밀가루 분류법으로 T단위가 클수록 도정을 적게 한다. T45는 한국의 박력분, T55는 한국의 중력분 정도에 해당하나 성분이 완전히 똑같지는 않다.

1. 만두피를 만든다. 먼저 볼에 물을 붓고 소금을 녹인 뒤 밀가루와 섞일 때까지 반죽한 뒤, 둥근 모양을 만들어 랩을 씌운 다음 10분 동안 재운다. 다시 5분 정도 반죽한 뒤, 실온에서(여름에는 서늘한 곳에서) 다시 30분 정도 재운다. 반죽을 굵고 긴 원통 모양으로 만든 다음, 20조각으로 자른다. 밀가루를 뿌린 도마 위에 한 조각씩 얇게(두께 2mm) 편 뒤 지름 10cm 정도의 원 모양 틀로 자른다.

2. 속재료를 준비한다. 배추를 잘게 다지고 소금을 뿌린 뒤, 20분 동안 절인다. 절인 배추는 체에 받쳐 물로 헹궈낸 다음, 물기를 짠다. 파와 표고버섯을 잘게 썬다. 준비한 채소, 다진 고기, 간 마늘을 섞은 뒤, 간장, 참기름, 간 생강, 후추, 청주로 양념한다. 만두피 한 장에 속재료 1큰술을 중앙에 올려놓는다. 가장자리에 물을 적신 뒤, 만두를 반으로 접어 단단히 붙인 뒤 주름을 3~5개 잡는다.

3. 팬에 식물성 기름 1큰술을 넣고 달군 뒤, 교자를 넣어 2~3분 정도 노릇노릇하게 익힌다. 뜨거운 물 150ml를 넣고 팬 뚜껑을 덮은 뒤, 중불로 10분 동안 익힌다. 뚜껑을 열고 물을 모두 증발시킨다.

4. 간장, 식초, 라유를 곁들여 낸다.

4인분
준비 시간: 30분
재우는 시간: 20분
조리 시간: 20분

준비물

- 밀가루 200g
- 이스트 2작은술
- 뜨거운 물 90ml
- 설탕 20g
- 식물성 기름 20ml
- 소금 1꼬집
- 단팥 160g

단팥을 넣은 찐빵

1. 볼에 밀가루와 이스트를 체 쳐서 넣는다.

2. 뜨거운 물, 설탕, 기름, 소금을 추가한 뒤 포크를 사용해 섞는다. 볼에 담긴 반죽을 손으로 몇 분 정도 반죽한 뒤, 둥글게 모양을 잡는다. 랩으로 덮어 30분 동안 재운다.

3. 단팥을 네 개로 나누어 각각 작은 공 모양으로 빚어 놓는다.

4. 반죽을 네 덩어리로 나누어 작은 공 모양으로 만든다. 그런 다음, 지름 약 12cm 정도의 원 모양으로 편다.

5. 원 모양으로 만든 반죽 가운데에 둥글게 뭉친 단팥을 올린다. 가장자리를 오므려서 공 모양을 만든다. 나머지 3개도 같은 방식으로 모양을 잡는다.

6. 찜기에 유산지를 깔고 빵을 올린 뒤 강불에서 20분 정도 찐다.

리틀
포레스트

모리 준이치 – 여름-가을(2014년),
겨울-봄(2015년)

대도시에서 생활하던 이치코는 외딴 산골 마을로 돌아온다. 마을 이름은 '코모리', '작은 숲'이라는 뜻이다. 이곳에서 이치코는 자연의 리듬을 재발견하고, 땅을 일궈 농사를 짓는다. 계절의 흐름에 따라 정성스럽게 마련한 건강한 농작물로 자족적인 삶을 살아가게 된 것이다. 이 2부작의 두 번째 작품(겨울-봄)에서는 겨울이 찾아온다. 혹독한 날씨와 주위를 두텁게 뒤덮은 눈은 이치코를 시험에 들게 한다. 하지만 몇 달 뒤, 자연이 새로운 모습으로 거듭나고 봄이 찾아오면서 이치코는 삶의 방식을 바꾸겠다고 마음 깊이 결심한다. 자연을 향한 아름다운 찬가인 이가라시 다이스케의 만화를 영화화한 이 작품은 미식의 세계, 평온함, 시적인 아름다움을 품고 있으며, 사계절의 리듬에 따르는 고유하고 먹음직스러운 요리들을 다양하게 보여준다. 진정한 맛이 불러일으키는 단순하고 소박한 기쁨을 노래한 서정시다.

"이 레시피의 산뜻함을 유지하려면 덴푸라 반죽을 끈적이지 않도록 만드는 게 중요합니다."

[리틀 포레스트]

4인분
준비 시간: 20분
조리 시간: 15분

준비할 재료

- 아스파라거스 또는 푼타렐레 한 단
- 샷갓버섯 또는 표고버섯 100g
- 밀가루
- 식탁에 낼 소금
- 튀김 기름 3컵

튀김옷 재료
- 밀가루 100g
- 달걀 1개
- 차가운 물 150ml
- 소금 1꼬집

소스 재료
- 다시 400ml(9페이지를 참고할 것)
- 미림 3큰술
- 간장(또는 데리야키 소스) 3큰술

도구
- 무쇠 솥 또는 프라이팬

채소 덴푸라

1. 덴푸라가 바삭해질 수 있도록, 반죽을 만들기 전까지 반죽 재료, 볼, 우묵한 그릇 등을 모두 냉장고에 넣어둔다.

2. 소스를 준비한다. 작은 냄비에 다시, 미림, 간장을 넣어 끓인 다음 불을 끄고 그대로 둔다.

3. 아스파라거스를 씻어 길이 6cm 정도로 어슷하게 썬다. 버섯은 깨끗이 씻는다.

4. 반죽을 준비한다. 우묵한 그릇에 밀가루를 체 쳐서 넣고 소금을 추가한다. 볼에 달걀을 풀고 찬물을 섞은 뒤, 밀가루가 담긴 그릇에 붓는다. 젓가락을 써서 빠르게 섞는다. 반죽이 너무 끈적해지지 않도록 지나치게 많이 섞지는 않는다.

5. 튀김 기름을 170°C로 가열한다. 170°C가 되면, 살짝 수분이 있는 젓가락을 튀김 기름에 담갔을 때 크기가 샴페인 거품의 중간 정도 되는 기포가 올라온다.

6. 아스파라거스와 버섯에 밀가루를 입힌다. 젓가락을 써서 덴푸라 반죽에 담근 뒤, 3분 동안 튀긴다. 튀겨낸 덴푸라는 키친타월 위에 꺼내둔다.

7. 덴푸라를 소스가 담긴 개인 그릇에 찍어 먹거나 소금에 찍어서 먹는다.

"채소를 하나하나 튀기는 덴푸라와는 달리, 이 요리에서는 채소를 조각조각 잘라서 반죽에 뭉쳐서 튀깁니다."

[리틀 포레스트]

- 고깔 양배추 또는 양배추 잎 4개(바깥 부분)
- 밀가루
- 식물성 기름 2컵
- 천일염

가키아게 반죽 재료
- 밀가루 150g
- 물 150ml
- 달걀 1개

도구
- 무쇠 냄비 또는 프라이팬

양배추 가키아게

1. 양배추를 잘게 다진다.

2. 우묵한 그릇에 밀가루를 체 쳐서 넣어 가키아게 반죽을 준비한다. 볼에 달걀을 풀고 차가운 물과 섞는다. 달걀과 물을 섞은 것을 우묵한 그릇에 담긴 밀가루 한가운데에 붓고, 젓가락이나 포크를 이용해 빠르게 섞는다.

3. 다른 볼에 양배추의 1/5을 담고 밀가루를(약 1작은술) 가볍게 묻힌 뒤, 가키아게 반죽 4큰술을 넣고 섞는다.

4. 튀김 기름을 170°C로 가열한다. 젓가락을 담가서 온도를 확인한다. 보통 크기의 기포가 올라와야 한다.

5. 주걱이나 국자를 이용해 양배추 반죽을 조금 떼어낸 다음, 젓가락이나 포크를 이용해 기름에 넣는다. 반죽이 바삭해질 때까지 뒤집어 가면서 2분 정도 튀긴다. 다 튀겨지면 건져 남는 기름을 털어내고, 체망이나 키친타월 위에 올려둔다. 재료를 모두 튀길 때까지 반복한다.

6. 천일염과 함께 낸다.

국, 조림, 국수

"나베 또는 나베모노라고 부르는, 전골 요리를 변형한 요리입니다. 맛이 좋고, 원하는 만큼 조려서 만들 수 있습니다."

[방랑의 미식가]

준비할 재료

- 곤약 250g
- 무 1/2
- 단단한 두부 600g
- 삶은 달걀 4개
- 껍질을 벗긴 보통 크기 토마토 4개

오뎅 국물 재료
- 다시 1.6L(9페이지를 참고할 것)

국물 양념 재료
- 간장 60ml
- 미림 60ml
- 비정제 설탕 1큰술
- 소금 1/3작은술

미소 소스 재료
- 시로미소 60g*
- 미림 3큰술
- 비정제 설탕 30g

서빙용 재료
- 겨자

도구
- 냄비 또는 솥

오뎅

무, 달걀, 곤약 등을 넣은 조림

1. 미소 소스를 준비한다. 작은 냄비에 시로미소를 넣고, 설탕과 미림을 더한다. 계속 저어주면서 중불로 끓이다가, 끓기 직전에 불에서 내린다. 이렇게 해야 부드러운 질감이 된다. 그릇에 옮겨 체에 걸러둔다.

2. 곤약을 세 덩어리로 자른 다음, 각각을 둘로 나누고, 다시 사선으로 두 조각으로 자른다. 냄비에 물을 끓인다. 물이 끓으면 곤약 조각을 넣고 2~3분 정도 익힌다. 건져낸 곤약은 물기를 제거한다. 무는 껍질을 벗기고, 두께 3cm로 둥글게 썬다. 두부는 큼직하게 자른다.

3. 도자기로 만든 냄비나 솥에 다시를 붓는다. 국물 양념 재료를 모두 넣은 뒤 잘 섞는다. 무와 곤약을 넣고 끓인 다음, 중약불로 낮춘다. 45분 정도 조린다. 삶은 달걀, 두부, 토마토를 넣는다. 약불에서 15분 정도 마저 익힌다.

4. 냄비를 상에 올린 뒤, 각자 앞접시에 오뎅을 덜고, 기호에 따라 미소 소스나 겨자를 곁들인다.

*시로미소는 흰콩과 쌀로 쑨 메주로 담근 일본식 된장으로, 누룩을 많이 섞어 빛이 희고 달다.

"히야시추카는 일본인들이 재해석한 중국 요리로, 상큼하고 만들기 아주 간단한 음식입니다."

[언어의 정원]

• 방울토마토 4개
• 작은 오이 2개
• 라멘용 면 400g
• 삶은 달걀 4개
• 참치 통조림 200g

소스 재료
• 데리야키 소스 6큰술
• 물 2큰술
• 현미 식초 2큰술
• 참기름 1큰술

히야시추카
토마토와 오이를 넣은 냉라멘

1. 작은 볼에 소스 재료를 모두 섞어둔다.

2. 토마토는 반으로 자르고, 오이는 얇게 저민다.

3. 삶은 달걀을 둘로 자르고, 참치 통조림의 기름을 제거한다.

4. 포장지에 적힌 방법대로 면을 익힌 다음, 물에서 건져내어 차가운 물로 헹군다. 다시 한 번 물기를 제거한 뒤 접시 4개에 면을 나누어 담는다. 면 위에 재료를 모두 올리고 소스를 붓는다.

"볶은 돼지고기와 채소를 넣은, 집에서 만들기 가장 간단한 라멘입니다."

[심야식당]

준비할 재료

- 신선한 표고버섯 또는 양송이버섯 4개
- 파 2줄기
- 배추 잎 4~5장
- 당근 1/2개
- 콩나물 100g
- 라멘용 건면 또는 생면 4팩(320g)
  (식료품점에서 판매)
- 식물성 기름 2큰술
- 삼겹살 100g
- 요리용 청주 2큰술
- 참기름 1큰술
- 소금, 후추

육수 재료
- 물 1.6L
- 라멘용 인스턴트 수프 베이스 4큰술

탄멘
볶은 돼지고기와 채소를 더한 라멘

1. 보통 크기 냄비에 라멘용 인스턴트 수프 베이스 4큰술을 물 1.6L에 섞는다. 잘 섞은 뒤 끓인 다음 그대로 두면 육수 준비가 끝난다.

2. 표고버섯은 잘게 자르고, 파는 길이 5cm 정도로 썬다. 배추 잎을 잘게 썰고, 당근은 껍질을 벗긴 뒤 얇게 채 썬다. 콩나물은 물로 헹궈낸다.

3. 커다란 프라이팬이나 웍을 중불로 달군다. 충분히 데워지면 식물성 기름을 넣고, 토막 내어 자른 삼겹살을 넣는다. 청주를 더해 빠르게 볶아내며 삼겹살의 붉은 기가 가시면 배추 잎, 버섯, 파, 콩나물, 얇게 채 썬 당근을 넣는다. 소금과 후추로 간한 뒤 육수와 참기름을 넣고 3분 동안 졸인다.

4. 커다란 냄비에 물을 끓인다. 물이 끓으면 면을 넣고 포장지에 쓰인 대로 익힌 뒤 물기를 제거한다. 보통 크기 볼에 면을 넷으로 나누어 담고 준비한 육수를 끼얹어 낸다.

"새해 전날인 '오미소카'에 먹는 전통 소바는 그 해의 힘들었던 일들을 넘겨 보내도록 해준다고들 얘기합니다. 길고 가는 면은 끊어 먹기도 쉽고, 입에서 살살 녹습니다!"
[심야식당]

4인분
준비 시간: 30분
조리 시간: 20분

준비할 재료

- 말린 미역 10g
- 게맛살 4개
- 대파 2줄기 또는 파 10cm
- 소바용 면 360g
- 다시 1.2L(9페이지를 참고할 것)
- 미림 90ml
- 간장 90ml
- 소금 1/2작은술

도시코시소바

1. 말린 미역을 찬물이 담긴 우묵한 그릇에 넣는다. 포장지에 적힌 대로 불린 다음, 물기를 뺀다. 대파를 씻어 잘게 썬다. 게맛살을 두 조각으로 어슷하게 썰어 둔다.

2. 소바 면을 준비한다. 포장지에 적힌 방법에 따라 냄비의 끓는 물에서 몇 분 동안 익힌다. 면은 조금 딱딱한 느낌이 들 정도로 익힌다. 이런 면의 상태를 일본어로 '카타메'라고 하는데, 마지막에 끓는 물로 다시 데운 다음 뜨거운 국물과 함께 상에 내기 때문에 이 정도가 적당하다. 면을 삶은 뒤에는 건져내서 차가운 물에 헹구고 그대로 놔둔다.

3. 냄비에 다시를 붓고, 미림, 간장, 소금을 넣는다. 중불에서 2분 동안 가열해 소바 국물을 준비한다.

4. 냄비에 물을 끓인 다음, 끓는 물에 익혀둔 면을 넣고 데운다. 면에서 물기를 제거한 다음, 그릇 네 군데에 나누어 담는다. 소바 국물도 데운 다음, 그릇에 붓는다. 게맛살과 미역을 곁들이고, 다진 파를 뿌린 뒤 상에 올린다.

"학생들 사이에서 아주 인기 있는 일본식 샌드위치입니다. 2차 세계대전 이후 처음 등장했는데, 수많은 만화에 나오면서 점점 인기가 높아지고 있습니다."

[심야식당]

준비할 재료

• 식물성 기름 1큰술
• 얇고 비스듬하게 저민 소시지 2개
• 껍질을 벗기고 곱게 다진 양파 1/2개
• 얇게 채 썬 양배추 잎 1장
• 야키소바용 면 또는 조리된 라멘용 면 360g
• 야키소바 소스 4큰술
• 핫도그 빵 4개

서빙용 재료
• 파래 가루(선택 사항)
• 베니쇼가(붉은 생강 초절임, 선택 사항)

야키소바 빵

1. 커다란 프라이팬 또는 웍에 기름을 둘러 달구고 소시지, 양파, 양배추를 볶는다. 면을 추가하고, 물 1/4컵을 부은 뒤, 젓가락을 써서 면이 붙지 않도록 조심스럽게 떼어가며 2분 동안 익힌다.

2. 면에 야키소바 소스를 넣는다. 잘 섞은 다음, 그대로 둔다.

3. 빵 위에 칼집을 낸다.

4. 빵 사이에 익힌 면을 채운다. 파래 가루를 뿌리고, 가운데에 베니쇼가를 조금 곁들여 바로 먹는다. 나중에 먹을 경우 랩을 씌워 보관해둔다.

소울무비 소울푸드

마이코네
행복한 밥상
고레에다 히로카즈-2023년

성공을 거둔 만화를 영화화한 이 시리즈는 다
정하고 섬세한 마음을 가진 수련생의 이야기
로, 일본의 미식 세계 속 보물 같은 요리들이
가득 등장한다. 교토의 전통 학교에 다니는 소
녀 키요는 '마이코'가 되는 데 실패한다. '마이
코'는 미래의 '게이코' 또는 게이샤로, 키요는
게이샤가 꼭 되려고 마음먹었었다. 자신과 떼
려야 뗄 수 없는 친구 스미레는 게이샤를 향한
길을 잘 밟아나간다. 주인공 키요는 학교를 떠
나지 않고, 스미레와 다른 언니들 곁에서 식사
를 준비하는 요리사인 '마카나이'가 되기로 결
심한다. 맛, 요리, 풍미를 향한 한결같은 열정
과 진정한 기쁨을 품게 된 키요는 음식을 만
들어주며 그들과 일상적으로 어울리게 되는
데…. 시청자들은 우아하고 시적인 배경 속에
서 어린 주인공의 요리 재능과 상징적인 일본
요리법, 그들의 의식과 비밀을 만나게 된다.
이 책에서는 일본 요리와 미식의 예술을 섬세
하게 담아낸 이 시리즈의 첫 번째 시즌 아홉
가지 에피소드에서 요리 십여 가지를 골라 뽑
아 소개하고 있다.

"보통 식당에서 뜨겁게 만들어 주는 라멘과 달리, 소멘은 여름에 집에서 차갑게 만들어 먹는 희고 가는 국수 요리입니다."

[마이코네 행복한 밥상]

준비할 재료

• 소멘용 건면(일본식 면) 320g

소스 재료
• 멘쯔유* 1/2컵
• 얼음물 1컵

고명 재료
• 달걀 3개
• 설탕 1작은술
• 소금 1꼬집
• 얇게 썬 구운 닭고기 300g
• 오이 1/2개
• 파 1/2단
• 생강 40g
• 차조기 잎 4장
• 참깨 또는 검은깨

차가운 소멘

1. 조그만 볼에 멘쯔유와 얼음물을 섞어 소스를 준비한다.

2. 고명을 준비한다. 우묵한 그릇에 달걀을 풀고 설탕과 소금을 조금 넣는다. 코팅된 팬을 달구어 달걀을 부은 다음, 뒤집어서 얇게 부쳐낸다. 부친 달걀을 가늘게 채 썬다.

3. 오이를 7mm 두께로 썬 다음 가늘게 채 썬다. 파를 곱게 다지고, 생강을 갈아 별도의 그릇에 보관해둔다.

4. 차조기 잎을 가늘게 잘라 그릇에 담아둔다. 또 다른 작은 그릇에 깨를 담는다. 접시에 채 썬 오이, 얇게 썬 구운 닭고기, 가늘게 채 썬 달걀을 담는다.

5. 커다란 냄비에 물을 끓인다. 물이 끓으면 소멘을 부채꼴로 집어넣는다. 젓가락으로 간간이 뒤적여 가며, 포장지에 나와 있는 대로 2분 정도 익힌다. 건져서 물기를 뺀 다음, 체에 받쳐 차가운 물로 헹궈낸다.

6. 큰 접시 하나 또는 여러 개에 소멘을 여러 덩어리로 나눈다. 소스를 볼 4개에 나누어 붓는다. 그런 다음, 각자 다른 고명 재료와 소멘을 소스에 담가 먹는다.

*간장, 표고버섯, 다시, 다시마를 베이스로 만든 소스다.

"토마토의 달콤한 맛과 가벼운 신맛을
맛있게 살려주는 간단한 국입니다."

[마이코네 행복한 밥상]

준비할 재료

- 부드러운 두부 300g
- 방울토마토 12개
- 미소 2큰술
- 다시 600ml(9페이지를 참고할 것)

토마토가 들어간
미소시루

1. 두부를 2cm 폭으로 깍둑썰기 한다. 토마토를 씻는다.

2. 다시를 냄비에 붓고 토마토와 두부를 넣은 뒤, 중불로 끓인 다음 불에서 내린다.

3. 국자에 뜨거운 다시를 조금 덜어 미소를 푼 다음, 냄비에 붓 는다.

4. 개별 그릇에 담아서 낸다.

"〈마이코네 행복한 밥상〉의 주인공은 이 전통 방식의 국을 만들면서 국을 만드는 데 쓰이는 재료들을 하숙생 하나하나와 맛깔나게 비교합니다."

[마이코네 행복한 밥상]

재료

- 돼지고기 삼겹살 200g
- 양파 1개
- 무 1개
- 당근 1개
- 곤약 250g
- 대파 1/2개
- 신선한 두부 300g
- 생강 10g
- 파 2줄기

국물 재료
- 다시 600ml(9페이지를 참고할 것)
- 미소 2큰술
- 참기름 1큰술

돈지루

돼지고기와 채소를 넣은 국

1. 돼지고기 삼겹살을 얇게 썬다. 양파의 껍질을 벗기고 세로로 반으로 자른 다음, 옆으로 눕혀서 가늘게 채 썬다. 무의 껍질을 벗기고 둘로 자른다. 자른 무를 다시 두 조각으로 나눈 다음, 보통 정도 크기로 썬다. 당근 껍질을 벗기고 세로로 반으로 가른 다음, 얇게 썬다. 곤약을 조그만 직사각형 모양으로 썬다. 작은 냄비에 물을 끓인다. 물이 끓으면 곤약 조각을 넣고 2~3분쯤 익힌 다음, 꺼내서 물기를 제거하고 보관해둔다. 대파는 어슷하게 썰고, 두부는 작게 깍둑썰기 한다. 생강은 껍질을 벗기고 잘게 썬다. 파를 잘게 다진 다음 그릇에 담아 보관해둔다.

2. 냄비를 중불에서 예열한 뒤 참기름을 넣는다. 냄비에서 돼지고기 삼겹살을 2분 정도 익힌 다음, 양파를 넣고 볶는다. 당근, 무, 대파, 생강, 곤약을 넣고, 재료가 모두 잠길 때까지 다시를 붓는다. 잘 섞고 끓인 다음, 끓으면 불을 줄인다. 거품을 걷어낸다. 뚜껑을 덮고 채소가 익을 때까지(15분 정도) 졸인다. 두부를 넣는다.

3. 국자에 다시를 조금 담고 미소를 푼 다음, 맨 마지막에 국에 넣는다.

4. 그릇에 담고 파를 뿌려서 낸다.

귀를
기울이면

콘도 요시후미 – 1995년

몽상가이자 독서광인 츠키시마 시즈쿠는 14살 소녀다. 시립도서관을 꾸준히 들락거리던 어느 날, 도서 대출 카드에 나온 아마사와 세이지라는 사람이 자기와 똑같은 책들을 앞서 빌렸다는 사실을 알게 된다. 이 우연에 점점 호기심이 피어난 시즈쿠는 조금은 냉소적인 인상의 남자아이를 여러 번 마주치게 된다. 서로 엇갈리며 우정은 시작하고 감정이 막 피어난다. 히이라기 아오이의 만화를 바탕으로 한 이 영화는 미야자키 하야오가 시나리오를 전담하며 지브리 스튜디오 특유의 감성을 불어넣었다. 특히 작품 배경에 항상 등장하는 수작업과 장인 정신뿐만 아니라 주인공들이 먹는 음식에도 심혈을 기울였다. 이 장편 애니메이션의 후속편은 실제 배우들이 연기했으며, 2022년에 개봉되었다. 전작의 결말에서 10년 뒤에 일어난 일들을 담았으며, 전작과 같은 제목인 〈귀를 기울이면Whisper of the Heart〉으로 개봉되었다.

소울무비 소울푸드

이웃집
토토로

미야자키 하야오 − 1988년

현대적 설화이자, 자연을 향한 찬가, 또 성장
담이기도 한 〈이웃집 토토로〉는 어린 소녀 메
이와 그 언니인 사츠키의 이야기를 들려준다.
자매는 어머니가 있는 병원과 더 가까워서 지
내고자 아버지와 함께 시골에 있는 집으로 이
사를 간다. 자연과 인간이 한층 더 가까웠던
50년대 일본, 두 소녀는 숲의 정령이자, 다른
사람들의 눈에는 보이지 않는 비밀스러운 존
재인 토토로를 만나 친구가 된다. 영화 속 미
식의 세계를 살펴보자면, 사츠키는 소풍을 가
는 아버지와 여동생을 위해 정어리와 매실을
소금에 절여 만든 절임 요리인 우메보시를 넣
어 전통적인 도시락을 준비한다. 또, 여동생
과 함께 이웃이 밭에서 채소를 따는 것을 도
와주러 가기도 한다. 이 영화에서는 일본의
음식 역시 인간과 자연의 관계를 보여준다.

"겨울에 특히 즐겨 먹는 이 일본식 국물 요리에는 시즈쿠와 시로가 먹었던 것처럼 달걀, 해산물, 닭고기를 넣을 수 있습니다."

[귀를 기울이면]

재료 조리법

• 우동면 320g
• 닭 가슴살 200g
• 신선한 시금치 200g
• 다시 1.2L(9페이지를 참고할 것)
• 미림 90ml
• 간장 90ml
• 당근 150g
• 표고버섯 또는 양송이버섯 4개
• 파 2줄기
• 달걀 4개
• 시치미토가라시* 1/2작은술

도구
• 도자기 또는 주물 냄비

나베야키 우동

1. 커다란 냄비에 물을 끓인다. 물이 끓으면 우동면을 넓게 펼쳐서 넣는다. 젓가락으로 간간이 저어가며 포장지에 적힌 대로 5분 정도 익힌다. 면을 건져내서 체에 받친 뒤 찬물에 헹군다.

2. 닭 가슴살을 얇게 썬다.

3. 시금치를 씻은 다음, 3분 정도 데치거나 전자레인지로 익힌다. 데친 시금치는 물에 헹구어 물기를 꼭 짠 뒤, 큼지막하게 썬다.

4. 다시를 끓인다. 불에서 내린 뒤 미림과 간장을 넣어 그대로 둔다.

5. 당근 껍질을 벗긴 다음 가늘게 채 썬다. 버섯은 얇게 저미고 파는 잘게 썬다.

6. 조리한 우동면을 작은 냄비 4개에 나누어 담는다. 여기에 당근, 닭 가슴살, 버섯을 올리고 각 냄비에 다시 300ml를 붓는다. 채소와 고기가 익을 때까지 중불에서 10분 정도 졸인다.

7. 조리가 끝나면 각 냄비의 면 한가운데에 조그맣게 자리를 만들어 달걀을 깨 넣고 시금치도 넣는다. 냄비 뚜껑을 덮고 2분 동안 익힌다. 냄비를 불에서 내린 다음, 뚜껑을 덮은 채 2분 동안 뜸을 들인다. 마무리로 파와 시치미를 뿌린 뒤 곧바로 낸다.

*7가지 일본 향신료를 섞은 것으로, 고춧가루로 대체할 수 있다. 시치미로 부르기도 한다.

"고마츠나는 잎사귀와 줄기가 두꺼운 식물입니다. 흔히 '일본 겨자 시금치'라고 부르는데, 맛이 달콤합니다."

[이웃집 토토로]

준비할 재료

• 고마츠나* 200g
• 부드러운 두부 300g
• 다시 600ml(9페이지를 참고할 것)
• 미소 2큰술

신선한 고마츠나 를 넣은 미소시루

1. 고마츠나 잎사귀를 4cm정도 크기로 썬다.

2. 두부를 2cm 정도로 깍둑썰기 한다.

3. 냄비에 다시를 넣고 고마츠나를 넣은 뒤, 중불로 끓인 다음 3분 정도 졸인다. 두부를 넣고 2분 동안 익힌 뒤, 냄비를 불에서 내린다.

4. 국자에 뜨거운 다시를 조금 넣어 미소를 푼 다음, 냄비에 넣는다.

5. 각자 그릇에 담아서 낸다.

*고마츠나는 아시아 유채의 일종으로, '소송채'라고 한다. 청경채나 유채, 시금치로 대체할 수 있다.

담포포

이타미 주조 – 1985년

스파게티 웨스턴이라고 알려진 미국 서부 시대 영화에 뒤이어, 이 영화는 역사상 최초로 라멘 웨스턴이라고 불릴 만하다! 일본 도쿄의 젊은 식당 주인인 담포포는 남편이 죽은 뒤로 혼자서 이렇다 할 성공을 거두는 일 없는 평범한 작은 라멘 식당을 운영한다. 카우보이 분위기를 풍기는 특이한 손님, 고로가 어느 날 그녀의 삶에 들어오기 전까지는 말이다. 입맛이 까다롭고, 어딘가 비밀스러우며 고독해 보이는 그는 담포포에게 요리 비결을 알려주며 자신의 오합지졸 갱단과 함께 최고의 라멘 레시피를 만들고자 한다. 이 영화는 이와 더불어 궁극의 레시피, 즉 요리의 성배를 찾는 일과 관련된 수많은 이야기들이 펼쳐진다. 학생들의 장난 같기도 하고, 역동적이면서 딱히 무어라 규정하기 힘들 정도로 풍자와 블랙 유머를 곁들여 가며 코드와 장르를 자유자재로 가지고 노는 코미디 영화이다. 떠들썩한 식사 자리와 요리에 얽힌 갈등을 담고 있으며, 엉뚱하면서 에로틱하고, 상식을 벗어나 있으면서도 유쾌하다. 그래서 어떤 이들에게는 숭배의 대상이 된 이 영화는, 일본 요리의 섬세한 세계로 빠져들고 싶은, 거부할 수 없는 충동을 불러일으킨다!

이키루

구로사와 아키라 - 1952년

톨스토이의 소설에서 영감을 받아 만든 명작이다. 시청에서 공무원으로 일하는 와타나베 칸지는 말수가 적고 일상의 무게와 과도한 관료주의에 짓눌려 있다. 어느 날, 자신이 치료할 수 없는 암에 걸렸다는 사실을 알게 된다. 그는 자신에게 남은 짧은 시간을 쓸모있는 일에 사용해 드디어 삶에 의미를 부여하기로 결심한다. 지금까지는 자신도 한 몫 거들고 있던 관료주의 때문에 완전히 막혀 있던 동네 어린이들을 위한 프로젝트를 실현하도록 돕기로 마음먹은 것이다. 후레오초 마을에 있는 빈터를 정비하고 나자, 아이들은 마침내 마을 이름을 딴 정원에서 놀수 있게 된다. 이렇게 프로젝트를 완수하고 나자 와타나베는 자신의 죽음을 평온하게 받아들일 수 있게 된다. 이영화는 보수적인 관료제와 가족들의 무뚝뚝한 태도에 맞서며 삶을 향한 들끓는 기운을 발견하는 한 남자의 초상을 보여준다. 밤의 삶도 포함해서 말이다. 보기 좋은 그림들이 걸린 화랑과 식당에서 전통 음식을 먹는 저녁 식사 장면은 이 걸출한 영화에 빛을 더하며 삶의 의미와 헌신에 관해 성찰하게 해준다.

"일본에서 정말로 인기 있는 면 요리입니다. 이타미 주조의 영화 속 주인공인 담포포는 최고의 경지에 이른 라멘 레시피를 만들고자 노력합니다."

[담포포]

준비할 재료

- 김 1/2장
- 파 1/5개
- 라멘용 면 320g
- 구운 돼지고기 12조각
- 멘마 80g(죽순 절임, 선택 사항)

라멘 국물 재료
- 물 1.6L
- 라멘용 인스턴트 수프 베이스 2큰술
- 간장 80ml
- 요리용 청주 3큰술

담포포 씨의 라멘

국물이 있는 면 요리

1. 파는 잘게 다지고 김은 직사각형으로 자른다.

2. 커다란 냄비에 물을 끓인다. 인스턴트 수프 베이스, 간장, 청주를 넣어 라멘 국물을 준비한다. 그와 동시에 다른 냄비에 면을 익힐 물을 넉넉하게 끓인다.

3. 다른 냄비의 물이 끓으면 면을 넣고 몇 분 동안 익혀, 단단하면서도 삼키면 부드럽게 넘어갈 정도로 면을 삶는다. 면이 삶아지면 물기를 제거하고, 그릇 4개에 나누어 담은 다음, 먼저 준비한 뜨거운 국물을 붓는다.

4. 각 그릇에 1인당 돼지고기 3조각을 내고, 다진 파, 멘마, 김을 곁들인다.

"얇게 저민 소고기가 주재료인 맛있는 음식입니다. 더러는 일본식 퐁듀라고도 부르며, 일본인들이 아주 좋아하는 메뉴입니다."

[이키루]

스키야키

- 파 1개
- 카르파초에 사용하는 것처럼 얇게 저민 소고기(등심 또는 우둔살) 600g
- 단단한 두부 300g
- 물냉이 1단
- 시라타키(실곤약) 250g
- 표고버섯 또는 양송이버섯 8개

스키야키 소스 재료
- 설탕 2큰술
- 간장 100ml
- 미림 100ml
- 요리용 청주 100ml
- 식물성 기름 1/2작은술

서빙용 재료
- 달걀 4개

도구
- 무쇠 프라이팬 또는 냄비
- 휴대용 버너

1. 스키야키 소스를 준비한다. 냄비에 설탕을 넣고 간장, 미림, 청주와 섞는다. 내용물을 끓인 뒤, 설탕이 잘 녹을 때까지 젓는다. 소스를 그릇에 담는다.

2. 파를 1cm 두께로 어슷썰기 하고 두부는 2cm 정도로 깍둑썰기 한다. 물냉이는 5cm 정도로 썬다.

3. 표고버섯 기둥을 잘라낸 뒤, 머리 부분에 별 모양으로 칼집을 내어 장식한다. 실곤약을 길이 10cm로 자른 다음, 작은 냄비에 물을 끓이고 실곤약을 2분 정도 데친 뒤 물기를 제거한다.

4. 접시에 고기, 표고버섯, 파, 두부, 물냉이, 실곤약을 담아놓는다.

5. 휴대용 버너 위에 냄비를 올리고 기름을 살짝 두른 뒤 데운다. 소고기의 1/4을 빠르게 익힌 뒤(고기가 질겨지지 않게끔 너무 오랫동안 익히지 않는다), 냄비에 소스를 조금 붓는다. 고기를 한쪽으로 몰아둔 다음, 접시에 담아둔 다른 재료들의 1/4을 넣는다.

6. 개인 그릇 4개에 각자 달걀을 깨 넣은 다음 가볍게 푼다.

7. 푼 달걀에 익힌 소고기와 채소를 담궈서 먹는다. 먹으면서 동시에 남은 재료들을 냄비에 추가하는데, 스키야키 소스를 조금씩 부어가며 익힌다.

어제
뭐 먹었어?

나카에 카즈히토 - 2021년

이 작품의 원작은 수백만 부가 팔린 성공적인 만화로, TV 시리즈로 제작되어 여러 상을 수상했으며, 2021년에는 장편 영화로 제작되었다. 도쿄에 살고 있는 게이 커플, 켄지와 시로의 일상적 이야기를 담고 있다. 이들 삶의 단면들은 가정생활과 직장에서의 고민을 통해 표현되는데, 종종 코믹하게 묘사된다. 이 커플을 살펴보면, 한 사람은 친절하고 외향적인 미용사, 또 한 사람은 신중하고 검소한 변호사다. 주로 미식가이자 훌륭한 요리사인 시로가 다양한 레시피로 요리하는 모습, 반려인과 함께 저녁 식사 재료를 사는 모습, 집에서 만든 요리를 먹으며 일상을 공유하는 모습을 보여준다. TV 시리즈에서는 에피소드 하나하나가 독립적인 이야기를 담고 있으며, 요리 프로그램이라 해도 손색이 없을 만큼 레시피를 상세하게 소개한다. 영화는 만화와 TV 시리즈의 기본적인 얼개를 유지하면서도 가벼운 줄거리를 보여주는데, 새로운 에피소드도 추가되어 있다.

"밀가루, 물, 소금만 사용해 만든 소멘은 아주 금방 익는 점이 특징입니다. 그래서 요리를 만들기도 쉽습니다."

[어제 뭐 먹었어?]

준비 재료

- 달걀 2개
- 소멘 4묶음(약 300g)
- 멘쯔유 소스 100ml
- 물 100ml
- 기름을 뺀 참치 통조림 200g
- 생강 20g
- 셀러리 1줄기
- 고수 1/2단
- 부추 8줄기(또는 쪽파 1단)
- 오이 1/2개
- 토마토 2개
- 차조기 잎 4장(선택 사항)
- 볶은 깨 2큰술
- 식물성 기름
- 소금

소멘

향긋한 채소를 곁들인 면 샐러드

1. 스크램블드에그를 준비한다. 볼에 달걀을 깨 넣은 다음, 소금을 1꼬집 넣고 빠르게 젓는다. 코팅이 된 작은 팬에 식물성 기름을 약간 두르고 중불로 달군다. 푼 달걀을 붓고, 잘 섞은 다음, 주걱으로 팬 바닥을 긁어가며 익힌다. 달걀이 거의 익어갈 때쯤 불에서 내리고, 달걀 조각이 잘게 뭉칠 때까지 뒤적거린다. 그대로 식힌다.

2. 채소를 준비한다. 생강은 껍질을 벗기고 가늘게 채 썬다. 차조기 잎을 넣는다면 마찬가지로 가늘게 채 썬다. 셀러리는 가늘게 어슷썰기 한다. 고수와 부추를 썬다.

3. 오이를 7mm 두께로 저민 다음, 가늘게 채 썬다. 조그만 볼에 물 100ml와 멘쯔유 소스를 넣고 섞는다. 토마토를 깍둑썰기 한 다음 소스와 섞는다.

4. 물을 넉넉히 사용해 면을 익힌다. 그런 다음 면을 건져내고 찬물에 헹군 다음, 다시 물기를 뺀다. 면을 접시 4개에 나누어 담는다. 토마토를 곁들인 소스를 면 위에 뿌린다. 가운데에는 참치 통조림, 스크램블드에그 약간, 채 썬 오이 그리고 다른 채소들을 올린다. 깨를 뿌린다.

"일본에서 아주 인기 있는 냄비 요리인 요세나베는 '냄비에 섞는다'는 뜻입니다. 계절에 따라 다양한 해산물과 채소를 쓸 수 있습니다."

[어제 뭐 먹었어?]

준비할 재료

- 다시마 20cm
- 미림 50ml
- 간장 50ml
- 배추 1/2개(250g)
- 당근 1개
- 대파 1개
- 물냉이(또는 시금치) 1단
- 단단한 두부 300g
- 표고버섯 또는 양송이버섯 8개
- 만가닥버섯 100g(선택 사항)
- 대합 8개
- 뼈를 발라낸 대구살 200g
- 신선한 홍새우 8마리
- 가리비 8마리

도구
- 도자기 또는 주물 냄비

요세나베

땅과 바다에서 나는 재료를 넣은 냄비 요리

1. 냄비에 물 1L와 다시마를 넣는다. 30분 동안 우려낸 다음, 중약불에서 익힌다. 끓기 직전에 불을 끈 뒤, 다시마를 제거한다. 미림과 간장을 넣어 그대로 둔다.

2. 배추를 4cm 정도로 자른다. 당근은 껍질을 벗긴 다음 길고 납작하게 자른다. 대파를 두께 1cm 정도로 어슷썰기 한다. 두부는 2cm 정도 크기로 깍둑썰기 한다.

3. 표고버섯의 기둥을 잘라낸 뒤, 머리에 별 모양으로 칼집을 내어 장식한다. 만가닥버섯의 밑둥을 잘라낸 다음, 잘게 찢는다. 물냉이와 대합, 새우, 가리비는 흐르는 물에 씻는다.

4. 대구살은 3~4cm 정도 크기로 깍둑썰기 한다.

5. 다시가 든 냄비 바닥에 배추를 깐다. 한쪽에는 채소를 전부 담고, 다른 한쪽에는 대구살과 해산물을 담는다. 두부도 넣는다. 냄비 뚜껑을 덮고 끓인 뒤, 불을 낮춰 10분 정도 익힌다.

6. 각자 그릇에 요세나베를 덜어 먹는다.

映画の料理

생선과 새우, 조개류

*"스시를 바탕으로 하는 일본 전통 요리
로, 맛있으며 푸짐하면서도 준비하기가
정말 간단합니다."*

[아사다 가족]

• 흰쌀 450g(11페이지를 참고할 것)
• 쌀 식초 또는 곡물 식초 90ml
• 설탕 30g
• 소금 10g

지라시 토핑 재료
• 달걀 3개
• 설탕 1작은술
• 소금 1꼬집
• 줄기콩 100g
• 익힌 새우 20마리
• 훈제 연어 4조각
• 송어알 80g
• 파슬리 4줄기

지라시스시

1. 스시용 식초를 준비한다. 작은 냄비를 약불로 달구며 식초
에 소금과 설탕을 녹인(끓지 않도록 한다. 끓으면 신맛과 풍
미가 사라진다) 다음, 차갑게 식힌다.

2. 흰쌀로 밥을 해 아직 따뜻할 때 촉촉한 스시 통이나 우묵한
그릇에 담고, 스시용 식초를 뿌린다. 밥이 으깨지지 않도록
하면서 스시용 식초를 섞는다.

3. 물기가 있는 천으로 덮어 밥을 보관해둔다.

4. 일본식 스크램블드에그를 준비한다. 달걀을 풀고 설탕과 소
금을 살짝 넣는다. 코팅된 팬에 달걀을 붓고, 스크램블드에
그를 만들 때처럼 젓가락 4개로(잘게 만들기 위해서다) 저
어가면서 중불에서 익힌다. 달걀이 거의 다 익으면 불에서
내리고 작은 조각이 될 때까지 뒤섞은 뒤 그대로 둔다.

5. 줄기콩을 씻은 다음, 반으로 어슷썰기 한다. 내열 볼에 줄기
콩과 물 1큰술을 넣고 랩으로 덮는다. 전자레인지에서 1분
정도 익히거나, 끓는 물에서 2분 정도 익힌 다음, 건져내어
식힌다. 새우의 꼬리 부분만 남겨두고 껍질을 벗긴다. 새우
의 등을 가르고 검은 내장을 빼낸다. 훈제 연어는 작은 조각
으로 자른다.

6. 밥을 그릇 4개에 나누어 담는다. 그 위에 스크램블드에그,
새우, 훈제 연어, 줄기콩, 송어알을 올린 다음, 파슬리를 뿌
려 장식한다.

"일본 요리의 유명한 조리법인 다타키는 유난히 부드러운 가다랑어처럼 육질이 연한 생선을 조리하기에 이상적인 방법입니다."

[어제 뭐 먹었어?]

재료

• 가다랑어 500g(가다랑어 4덩어리)
• 양파 1개
• 간 마늘(마늘 2개)
• 쪽파 1/4단
• 간장 2큰술
• 참기름 2큰술
• 식물성 기름

도구
• 채칼

가다랑어 다타키

1. 양파와 마늘의 껍질을 벗긴 뒤 채칼 등을 이용해 얇게 저민다. 양파를 찬물에 10분 정도 담가둔 다음 물기를 제거한다. 간 마늘은 그대로 두고 쪽파는 썬다.

2. 가다랑어 덩어리를 씻은 다음 키친타월로 물기를 닦아낸다. 코팅된 팬에 식물성 기름을 살짝 두른 다음, 강불로 달군다. 가다랑어의 각 면을 30초씩 빠르게 익힌다. 도마에 올려두고 두께 약 7mm 정도로 썬다.

3. 접시에 가다랑어를 담는다. 가다랑어 위에 양파와 간 마늘을 얹고 쪽파를 뿌린다. 간장과 참기름으로 만든 소스를 붓는다.

바닷마을 다이어리

고레에다 히로카즈 – 2015년

사치, 요시노, 치카는 자매다. 15년 전 자신들을 버리고 떠난 아버지의 장례식에서 이제 고아가 된 14살짜리 의붓자매 스즈를 처음으로 만난다. 세 자매는 자신들이 사는 집에 스즈를 맞아들이기로 결정한다. 이 영화는 다정함과 친절이 몸에 밴 가족을 향한 섬세한 찬사를 보내는 작품이다. 자매들이 가마쿠라에서 제각기 맛보는 생선 요리처럼 말이다. 이 생선 요리는 행복한 기억을 떠올리게 만드는 최초의 계기가 되어, 회상 장면으로 이어지고 영화 곳곳에 등장한다. "죽음이 어디에나 존재하는 이상, 평온한 방식으로 죽음을 일깨우고 싶었다. 그렇게 하기에는 음식이 가장 좋은 방편이었다. 음식은 살아 있는 사람들 사이에 관계를 만들어내기 때문"이라고 감독은 말한다. 해산물 조림, 면과 신선한 생선, 고등어나 전갱이 튀김 등의 음식들이 펼쳐지며 기억이 일깨워진다. 이렇게 추억을 되새기고 나누는 것은 관객들에게 크나큰 기쁨을 준다.

미오의
요리수첩

가도카와 하루키 – 2020년

점술가가 예언한 대로, 떼려야 뗄 수 없는 절친한 친구 미오와 노에는 대홍수가 일어난 1801년 비극적인 밤을 보낸다. 그 이후로 둘은 전혀 다른 길을 걷게 된다. 둘이 오사카에서 보냈던 해맑은 유년기는 그렇게 끝이 난다. 고아가 된 미오는 과거의 도쿄인 에도로 간다. 미오는 에도에서 자신의 뿌리를 이루는 전통의 맛을 재해석하며 시대에 맞게 다듬는다. 이렇게 한 해 한 해를 거듭하며 뛰어난 요리 재능을 탐구하고 갈고 닦은 미오는 이름을 날리는 요리사가 된다. 어느 날, 미오의 훌륭한 음식의 명성이 '오이란', 즉 고관의 자리에 올라 있던 노에의 귀에 들어가며 두 사람은 재회하게 된다. 음식이 우정의 연을 되찾아준 것이다. 다카다 가오루의 역사 소설 10편을 영화화한 이 작품은 에도 시대의 재현, 요시와라 유흥가와 요리 장면 사이를 섬세하게 오가며 시각적인 향연을 펼친다.

"《바닷마을 다이어리》의 네 자매가 자주 찾아가 추억을 나누었던 친근한 식당, '우미네코'에서 별미로 내놓았던 맛있는 생선 요리입니다."

[바닷마을 다이어리]

준비할 재료

- 양배추 잎 4장
- 전갱이 8조각
- 밀가루 1컵
- 달걀 1개
- 빵가루 1컵
- 튀김용 식물성 기름 2컵
- 방울토마토 8개
- 돈가스 소스* 또는 간장
- 소금, 후추

도구
- 무쇠 솥 또는 프라이팬

아지후라이
전갱이 튀김

1. 양배추 잎은 잘 씻어둔다.

2. 키친타월로 전갱이의 물기를 닦은 뒤 소금과 후추로 밑간을 한다.

3. 접시에 밀가루를 담는다. 또 다른 접시에 달걀을 깬 다음, 물 2큰술을 넣고 푼다. 세 번째 접시에 빵가루를 담는다. 전갱이에 밀가루, 달걀, 빵가루를 차례대로 묻힌다.

4. 무쇠 솥 또는 프라이팬에 식물성 기름을 넣고 데운다. 기름이 데워지면 전갱이를 넣고 황금빛이 될 때까지 5분 정도 튀긴다. 튀긴 전갱이는 꺼낸 뒤 과도한 기름은 제거하고, 체망이나 키친타월 위에 올려둔다.

5. 접시 4개에 각각 양배추 잎을 깔고 전갱이 튀김 2개, 방울토마토 2개를 담는다. 돈가스 소스 또는 간장과 함께 낸다.

*채소와 과일을 졸이고, 향신료와 식초를 넣어 만든 진한 소스다.

"아주 널리 퍼진 일본 요리로, 재료가 별로 많이 필요하지 않고, 준비하기 무척 간단합니다."

[바람이 분다]

준비 재료

- 신선한 고등어 4조각
- 생강 20g
- 물 100ml
- 요리용 청주 100ml
- 설탕 1큰술
- 미소 70g

사바노미소니
고등어 미소 조림

1. 생강은 껍질을 벗기고 얇게 저민다.

2. 고등어를 반으로 자른다.

3. 팬에 물, 청주, 설탕, 생강을 넣고 끓인 뒤 고등어를 껍질이 아래쪽으로 가도록 놓는다. 국물이 끓으면 중불로 낮춘다. 뚜껑을 덮고 5분 정도 졸인다.

4. 작은 볼에 미소를 넣고 물을 3큰술 더한 뒤 섞어서 녹인 뒤 팬에 붓는다. 불을 약불로 낮춘 다음, 5분 더 익힌다. 고등어에 간간이 국물을 끼얹으며 간이 배도록 한다.

5. 접시에 고등어를 담은 다음, 국물을 살짝 끼얹는다.

소울무비 소울푸드

방랑의 미식가

구스미 마사유키 – 2017년

60살 다케시는 오랫동안 열심히 일한 끝에 이제 막 퇴직을 했다. 자신 앞에 놓인 이 어마어마한 자유 시간을 어떻게 쓸지 몰라 고민하던 그는 어느 한낮에 맥주 한 잔을 마시다가 (그의 입장에서는 완전히 이례적인 사치였다) 미식과 요리의 세계가 자신 앞에 펼쳐지는 것을 깨닫는다. 그는 가슴 속에 묻혀 있던 열정을 발견하고 빠져들게 된다. 이렇게 열중할 때 최고의 동행인은 바로 내면의 사무라이다. 에피소드 열두 편으로 이뤄진 이 TV 시리즈가 진행되는 동안 그는 이 사무라이를 엉뚱하면서도 현실감 있게 풀어낸다. 자신이 정말로 좋아하는 것을 더 잘 맛보고자 노력하고, 온전한 자유를 마음속에서 확인한다. 쾌락주의자인 이 신참 퇴직자는 맛있고 소소한 음식의 유혹에 넘어가며 맛에 대한 취향을 재발견한다. 매 에피소드마다 음식을 준비하는 과정, 상차림 그리고 다케시가 음식을 숭고하게 맛보는 장면이 소개된다. 단순하고, 평온하고, 유쾌하고, 입맛을 돋우는 작품이다.

준비하기

- 6cm 두께의 무 한 토막
- 참치 400g(사시미용)
- 차조기 잎 4장
- 와사비 1큰술
- 간장 1큰술

도구
- 감자칼

마구로사시미

참치회

1. 무의 껍질을 벗긴 뒤 감자칼을 이용해 길고 아주 얇게 썬다. 도마에 4~5장 정도 얇게 썬 무를 겹쳐둔 다음 아주 가늘게 채 썬다. 같은 작업을 몇 번 반복한 뒤, 채 썬 무를 아주 차가운 볼에 담는다.

2. 참치를 네 덩어리로 자른 다음 각 덩어리를 두께 1cm 정도가 되도록 자른다.

3. 무의 물기를 제거하고 각 접시에 무를 조금씩 담는다. 접시마다 차조기 잎을 한 장씩 더한다. 차조기 잎 위에 참치 조각을 올린다. 한쪽에 와사비를 약간 담는다. 종지에 간장을 담아 함께 낸다.

소울무비 소울푸드

바람이 분다

미야자키 하야오 - 2013년

미야자키 하야오 감독이 실제 사건에서 자유롭게 영감을 얻어 만든 이 애니메이션은 천재적인 항공 기술자이자, 제2차 세계대전에 사용된 폭격기의 설계자인 지로의 삶을 되짚어 본다. 그의 유년기인 1918년부터 간토 대지진과 대공황을 거쳐, 일본의 참전에 이르기까지 역사적 사건을…. 지로는 나쁜 시력 때문에 비행기 조종사가 되기 어려우리라는 사실을 일찌감치 깨달았지만, 하늘을 나는 꿈은 계속해서 품는다. 도쿄제국대학에서 우수한 성적으로 학업을 마친 지로는 1927년 항공 분야 대기업에 들어가 뛰어난 재능을 빠르게 인정 받는다. 미야자키는 나호코와의 사랑, 그리고 동료 혼조와의 우정을 따라가며 전쟁이 발발하는 시점까지 이 걸출한 발명가의 자취를 재구성한다. 폴 발레리가 쓴, "바람이 분다… 살아야겠다"는 주인공들의 운명을 비추는 상징적인 구절이다. 인간의 영혼, 창의성, 그리고 그 이면에 관한 다층적인 메시지를 담은 탁월한 애니메이션으로, 지브리 스튜디오의 세심하고 빼어난 사실주의적 전통을 따르고 있다.

"마키모노라고 부르거나 간단히 줄여 마키라고 부르는 이 요리는 일본 음식에서 빼놓을 수 없는 고전입니다."

[미오의 요리수첩]

참치와 오이 마키즈시

- 흰쌀 300g(11페이지를 참고할 것)
- 참치 통조림 250g
- 오이 1/2개
- 김 4장
- 와사비
- 간장

초밥용 식초 재료
- 현미 또는 곡물 식초 60ml
- 설탕 20g
- 소금 1작은술

도구
- 마키스(마키용 발)

1. 초밥용 식초를 준비한다. 작은 냄비에 식초를 붓고 소금과 설탕을 넣어 약불에서 녹인(끓지 않도록 한다. 끓으면 신맛과 풍미가 사라진다) 다음 그대로 식힌다.

2. 쌀로 밥을 지어 밥이 아직 뜨거울 때 물기가 있는 커다란 초밥용 통이나 우묵한 그릇에 담는다. 초밥용 식초로 밥을 양념하는데, 밥이 으깨지지 않도록 주의하며 식초를 섞는다.

3. 속재료를 준비한다. 오이를 얇게 썬다. 참치는 기름을 빼고 잘게 으깬 다음, 작은 볼에 넣어 간장 1작은술과 섞는다.

4. 김을 가로로 두 조각으로 자른다. 김 1/2장을 마키용 발에 올린다. 손에 물을 묻히고 밥의 1/8을 김 위에 두께 1cm 정도로 펼친다. 김의 가운데 1/3 부분에 참치와 오이를 올린다. 손끝으로 재료를 제자리에 고정해가며 발을 아래에서 위로 만다. 마키를 굴려가며 전체적으로 여러 번 강하게 누른다. 재료가 다할 때까지 이 과정을 반복한다.

5. 도마 위에 마키를 올리고 날을 잘 세워서 물을 묻힌 칼을 이용해 5~6조각으로 자른다. 간장과 와사비를 따로 곁들여 낸다.

4인분
준비 시간: 15분
조리 시간: 20분
재우는 시간: 5분

• 익힌 새우 4마리
• 표고버섯 또는 양송이버섯 4개
• 쪽파 8줄기
• 유기농 오렌지 또는 유자 껍질 약간

달걀물과 다시 재료
• 달걀 3개
• 다시 550ml(9페이지를 참고할 것)
• 간장 1작은술
• 미림 1작은술
• 소금 1작은술

토로토로
차완무시

새우와 표고버섯을 넣은 달걀찜

1. 다시 가루를 사용할 경우, 커다란 볼에 뜨거운 물 1큰술을 넣고 녹인 다음, 물 550ml를 붓는다. 다시에 간장, 미림, 소금을 더한다. 또 다른 볼에 달걀을 깨서 넣고 거품기로 섞는다. 달걀물을 체에 걸러 다시가 담긴 커다란 볼에 붓는다.

2. 표고버섯의 줄기를 떼고 얇게 썬다. 새우는 꼬리만 남기고 껍질을 벗긴 뒤 새우의 등을 살짝 갈라 검은 내장을 제거한다.

3. 표고버섯과 새우를 작은 볼에 담는다. 재료가 모두 잠길 정도로 달걀물을 붓고, 각 볼을 알루미늄 포일로 덮는다.

4. 커다란 냄비에 물을 3분의 1정도 붓고, 달걀물이 담긴 볼을 넣어 중탕한다. 뚜껑을 덮고 3분 동안 중불로 끓이다가 약불로 낮춘 뒤, 10분 정도 더 익힌다. 그 다음 불에서 내려 뚜껑을 덮은 채로 5분 동안 뜸을 들인다. 볼을 꺼내고, 알루미늄 포일을 제거하고, 유기농 오렌지 껍질을 살짝 곁들인 다음, 다진 쪽파를 뿌린다.

映画の料理

고기와 달걀

4인분
준비 시간: 5분
조리 시간: 5분

준비 재료 및 도구

• 돼지고기 삼겹살 200g
• 가지 1개
• 청피망 1개
• 생강 20g
• 식물성 기름 2큰술
• 참기름 1큰술

미소와 겨자 소스 재료
• 미소 2큰술
• 물 120ml
• 간장 2작은술
• 설탕 2큰술
• 겨자 또는 양겨자 1작은술

도구
• 웍 또는 프라이팬

가지 돼지고기 생강구이

1. 미소와 겨자 소스 재료를 볼에다 모두 섞어 소스를 준비해 놓는다.

2. 가지를 세로로 길게 자른 다음 가지 반쪽을 옆으로 눕혀 두께가 1cm쯤 되도록 썬다. 얇게 썬 조각을 다시 반으로 자른다. 청피망은 세로로 반으로 자른 다음, 가지와 같은 크기로 썬다. 생강 껍질도 벗긴 다음 잘게 썬다.

3. 돼지고기 삼겹살을 작은 조각으로 자른다.

4. 웍에 식물성 기름을 두르고 강불로 데운다. 돼지고기 삼겹살을 2분 정도 익힌 다음, 피망, 가지, 생강을 넣는다. 모든 재료가 익으면 미소와 겨자 소스를 붓는다. 잘 섞어가며 몇 분 동안 익힌다. 조리가 끝나면 참기름을 뿌려서 마무리한다.

5. 접시에 담은 뒤, 흰쌀밥, 미소시루(49페이지와 59페이지를 참고할 것), 오이 절임과 함께 낸다.

"단백질이 풍부하고 빠르게 만들 수 있는 오야코동은 〈마이코네 행복한 밥상〉의 주인공 키요가 요리를 할 수 있게 되었을 때 처음으로 준비한 메뉴입니다."

[마이코네 행복한 밥상]

준비 시간: 15분
조리 시간: 10분

- 흰쌀 450g(11페이지를 참고할 것)
- 닭 가슴살 300g
- 쪽파(고명용 약간)
- 양파 1개
- 다시 250ml(9페이지를 참고할 것)
- 간장 50ml
- 설탕 2큰술
- 미림 80ml
- 달걀 8개
- 이치미(일본 고춧가루 상표) 또는 고춧가루

오야코동
닭고기와 달걀 덮밥

1. 쌀을 준비해 밥을 짓는다. 쪽파를 씻고 다듬은 다음 그대로 둔다.

2. 양파 껍질을 벗기고 반으로 자른다. 각각의 양파 반쪽을 잘게 썬다(두께 5mm 정도). 닭 가슴살은 폭 3cm 정도가 되도록 깍둑썰기 한다.

3. 커다란 팬에 다시를 붓고 간장, 설탕, 미림을 넣어 섞은 다음 중불로 끓인다. 닭고기와 양파를 넣은 뒤, 5분 동안 익힌다.

4. 볼에다 달걀을 깨고 빠르게 푼다. 팬에다 달걀물을 붓고, 뚜껑을 덮은 뒤, 중불에서 1~2분 익힌다. 뚜껑을 덮은 채로 팬을 불에서 내린 다음, 선호하는 익힌 정도에 따라서 1~3분 정도 뜸을 들인다.

5. 커다란 그릇에 밥을 담은 다음, 닭고기와 달걀을 4등분해서 밥 위에 얹고 쪽파를 약간 뿌린다. 이치미와 함께 낸다.

"독특한 일본의 전통적인 샌드위치로, 〈마이코네 행복한 밥상〉의 주인공 키요가 친구인 스미레가 마이코가 된 날에 만든 메뉴입니다."

[마이코네 행복한 밥상]

준비할 재료

• 달걀 6개
• 마요네즈 4큰술
• 우유 2큰술
• 식빵 8조각
• 버터 25g
• 소금과 후춧가루

다마고산도
일본식 달걀 샌드위치

1. 삶은 달걀을 준비한다. 국자를 이용해 끓는 물에 달걀을 넣은 뒤, 10분 동안 익힌다. 그런 다음 달걀을 차가운 물에 담갔다 꺼내 껍질을 벗긴다.

2. 달걀을 반으로 가른다. 볼에다 노른자를 넣고 마요네즈와 우유를 넣어 포크로 으깬다. 잘게 깍둑썰기를 한 달걀 흰자를 넣는다. 소금과 후추를 뿌린 뒤 잘 섞는다.

3. 식빵 4조각의 한쪽 면에 버터를 바른 다음 그 위에 으깬 달걀을 얹는다. 나머지 4조각으로 덮는다.

4. 샌드위치를 2개씩 겹쳐 놓고, 그 위에 접시를 뒤집어 올려놓은 다음, 10분 동안 눌러놓는다.

5. 빵 가장자리를 잘라낸 다음, 샌드위치를 12조각으로 자른다(세로로 4등분해 자른 다음, 가로로 3등분해 자른다).

"재료들을 한입 크기로 잘라 꼬치에 꿰어 석쇠에 굽는 유명한 요리입니다. 〈방랑의 미식가〉의 주인공 다케시가 외로운 저녁에 찾아간 식당에서 맛보게 됩니다."

[방랑의 미식가]

준비할 재료

- 닭 간 4개
- 닭 가슴살 2덩어리
- 파 8줄기
- 양파 1개
- 표고버섯 또는 양송이버섯 4개

소스 재료
- 설탕 2큰술
- 간장 100ml
- 미림 80ml
- 요리용 청주 80ml

야키토리
닭고기와 가금류의 간을 이용한 꼬치 요리

1. 냄비에 간장, 미림, 청주, 설탕을 섞어 소스를 준비한다. 소스를 끓이는데, 양이 절반으로 졸아들고 시럽 같은 점도가 될 때까지 강불로 익힌다. 완성된 소스는 작은 볼에 담는다.

2. 나무로 만든 꼬치를 차가운 물에 30분 동안 담가둔다(석쇠에 구울 때 꼬치가 불에 타지 않도록 방지하는 방법이다). 닭 가슴살을 폭 2~3cm 정도로 균일하게 깍둑썰기 한다. 닭 간을 4등분한다. 파는 씻어서 3cm 정도 길이로 자른다.

3. 간 4조각과 파 2조각을 번갈아 끼워가며 꼬치 4개를 준비한다. 닭 가슴살 3조각과 파 2조각을 번갈아 끼워가며 또 다른 꼬치 8개를 준비한다. 기호에 따라 양파 꼬치 2개(양파 껍질을 벗긴 뒤 1.5cm 두께로 둥글게 자른다), 버섯 꼬치 2개(버섯을 두께 1.5cm 정도로 저민다)를 더해도 좋다.

4. 꼬치를 빈 접시나 통에 놓은 뒤, 돌려가면서 모든 면에 붓으로 소스를 골고루 바른다. 꼬치를 석쇠에 올리고, 꼬치를 돌려가며 석쇠 위에서 몇 분 정도 굽는다. 중간 중간 소스를 발라준다.

소울무비 소울푸드

나를 잡아줘

오쿠 아키코 - 2020년

31살 미츠코는 고독한 영혼이다. 항상 똑같은 행동반경 안에서 지내며 사회생활에 잘 적응하지 못하고 직장에서도 행복하지 않다. 이런 미츠코에게 제일 좋은 친구는 다른 사람이 아니라 자기 내면의·작은 목소리다. 미츠코는 이 목소리에 A라는 이름을 붙이고 끊임없이 의논을 한다. 성숙한 어른이자 독신인 미츠코는 자신이 열정을 품은 일에 몰두한다. 바로 도쿄에 있는 작은 아파트에서 자신의 레시피에 따라 요리하며 그 레시피를 완성하는 일이다. 그러던 어느 날, 다다라는 젊은 세일즈맨이 사랑의 문을 두드리는데…. 와타야 리사의 소설을 원작으로 한 로맨틱 코미디 영화로, 감성적이고 연약하면서도 빛을 내뿜는 여배우의 연기가 돋보인다. 감독은 일본의 독신 생활과 고독이라는 주제를 다루며, 사회적인 시선과 삶을 바꾸고 싶다는 마음에 대한 바람과 두려움 사이의 모순을 이야기한다. 미츠코가 진정한 관계를 진심으로 맺기 시작한다면, 내면에 있는 소중하고 조그마한 상담사 A는 사라져야 할까?

"이 조림은 전통적인 요리로, 일본 가정식의 대명사입니다."

[나를 잡아줘]

준비 항목들

- 소고기 200g(안심 같은 부드러운 부위)
- 감자 400g
- 당근 2개
- 양파 2개
- 식물성 기름 2큰술
- 줄기콩 100g
- 물 600ml

양념 재료*
- 건조 다시 가루 1/4작은술
- 설탕 1큰술
- 요리용 청주 1큰술
- 미림 1큰술
- 간장 3큰술

4인분
준비 시간: 15분
조리 시간: 20분

니쿠쟈가
감자와 소고기를 넣은 조림

1. 감자와 당근은 껍질을 벗긴 다음 씻어서 자른다. 양파는 껍질을 벗긴 다음 반으로 자른다. 양파 반쪽을 각각 두께 5mm 정도 되는 조각으로 썬다. 소고기를 두께 5mm 정도로 자른다.

2. 냄비에 기름을 두르고 달군 다음, 아주 강한 불에서 소고기와 양파를 3분 동안 익힌다. 감자와 당근을 넣고 물을 부어 끓인다. 거품을 걷어내며 3분 정도 익힌다. 불을 줄인 다음, 설탕, 간장, 미림, 청주, 건조 다시 가루를 넣어 잘 섞는다.

3. 뚜껑을 덮고 15분 동안 익힌 다음, 줄기콩을 넣고 5분쯤 더 익힌다. 볼에 고기와 채소, 국물을 나눠 담는다.

*양념 재료 전체를 데리야키 소스로 대체할 수 있다.

도쿄 이야기

오즈 야스지로 – 1953년

전 세계 수많은 영화 마니아들이 영화 역사상 최고의 걸작으로 꼽는 이 장편 영화는 1970년대 후반에 감독 오즈를 프랑스에 널리 알린 작품이다. 영화 속에는 은퇴한 부부가 등장하는데, 둘은 살던 시골 집을 뒤로하고 도쿄에 살고 있는 자식들을 찾아간다. 두 사람은 분주한 도시 생활 속에서 아이들이 자신들에게 내어줄 수 있는 공간과 시간이 얼마 없다는 사실을 확인한다. 전쟁 중에 사망한 아들의 아내였던 며느리 노리코만이 둘을 반기며, 두 사람이 자기 자식들에게서 기대했던 시간과 관심을 내어준다. 전후 일본의 전통적인 가족 체계가 불가피하게 쇠퇴하는 상황에서 오즈 감독 특유의 엠티 샷(empty shot)의 미학이 만들어지며 시대의 풍부한 의미를 담아낸다. 노년의 삶에 대한 교훈과 감정들, 소외와 외로움, 유머와 쓸쓸함, 그리고 매혹적이면서도 깊은 감동을 주는 잔잔함이 돋보이는 영화다.

꽁치의 맛

오즈 야스지로 – 1962년

아내를 잃은 슈헤이는 막내 아들과 딸 미치코와 함께 산다. 결혼 적령기에 이른 미치코는 슈헤이와 무척 가깝게 지내며 외로움을 잊게 해주는 든든한 버팀목이다. 청주를 놓고 친구들과 둘러앉은 어느 날 저녁, 한 친구가 미치코의 사윗감을 소개한다. 슈헤이는 혼자가 된다는 두려움과 이기심 때문에 그 사실을 외면하려고는 하지만 딸을 자신의 품에서 떠나보내야 한다는 사실을 깨닫는다. 예전 선생님의 딸이 젊음을 희생해 자신의 아버지를 돌보다 지금은 가난에 빠진 사례를 접하며 슈헤이는 자신의 생각을 돌아보게 된다. 미니멀리즘과 탐미주의의 위대한 감독인 오즈가 남긴 이 마지막 작품은 그의 고유한 매력이 고스란히 드러난다. 나이 든 사람들의 소박한 즐거움과 우울함 그리고 일본의 전통적이고 가부장적인 시각과 전후의 관점을 시적인 스타일로 탁월하게 담아냈다. 참고로 이 영화의 제목에 포함된 꽁치는 가을에 많이 소비되는 일본의 아주 대중적인 생선이다.

"돈가스와 돈부리의 합성어인 이 요리는 일본의 대표적인 메뉴로, 쌀밥과 빵가루를 입혀 튀긴 돼지고기, 달걀이 한 그릇에 나옵니다."

[도쿄 이야기]

준비할 재료

• 흰쌀 450g(11페이지를 참고할 것)
• 양파 1개
• 돈가스 4개(빵가루를 입혀 튀긴 돼지고기, 113페이지를 참고할 것)
• 달걀 4개
• 쪽파 1/5단
• 이치미 또는 고춧가루

가쓰동 재료
• 다시 300ml(9페이지를 참고할 것)
• 간장 70ml
• 미림 70ml
• 설탕 2큰술

가쓰동
빵가루를 입혀 튀긴 돼지고기와 달걀 덮밥

1. 쌀을 준비해 밥을 짓는다. 쪽파를 씻어 잘게 썬 다음 보관해 둔다.

2. 양파는 껍질을 벗기고 반으로 자른 뒤, 반쪽 각각을 잘게 썬다(두께 5mm 정도). 각각의 돈가스를 8조각으로 자른다.

3. 가쓰동을 준비한다. 볼에 다시, 간장, 미림, 설탕을 섞는다. 중간 크기 팬 두 개에 각각 다시 등을 섞은 것을 반씩 부은 다음, 중불에서 끓인 다음 양파를 반씩 넣는다. 3분 동안 익힌 다음, 각 팬에다 돈가스 2인분(16조각)을 넣는다.

4. 볼에다 달걀을 깨 넣고 빠르게 푼다. 각 팬에다 달걀을 절반씩 붓고, 뚜껑을 덮은 다음 중불에서 1~2분 동안 익힌다. 뚜껑을 덮은 채로 팬을 불에서 내린 다음, 원하는 정도에 따라 1~3분 동안 그대로 둔다.

5. 커다란 그릇 4개에 쌀밥을 담은 다음, 각 그릇에 돈가스와 달걀을 넷으로 나누어 담는다. 다진 쪽파를 약간 뿌린 뒤 이치미와 함께 낸다.

"돼지고기에 일본식 빵가루인 '팡코'를 입혀서 튀긴 전형적인 일본 요리로, 간단하고 맛있습니다."

[꽁치의 맛]

- 뼈를 제거한 두께 2cm짜리 돼지고기 등심 또는 갈비 4조각
- 양배추 잎 4장
- 레몬 1개
- 밀가루 1컵
- 달걀 1개
- 물 2큰술
- 빵가루 1컵
- 튀김용 식물성 기름 2컵
- 돈가스 소스 또는 간장
- 소금, 후추

도구
- 무쇠 냄비 또는 팬

돈가스
빵가루를 입혀 튀긴 돼지고기

1. 양배추 잎을 잘게 채 썬 뒤 보관해둔다. 레몬은 8조각으로 자른다.

2. 돼지고기에 소금과 후추로 밑간을 한다.

3. 접시에 밀가루를 담는다. 또 다른 빈 접시에 달걀을 깬 다음 물을 섞어서 푼다. 세 번째 접시에는 빵가루를 담는다. 돼지고기에 밀가루, 달걀, 빵가루를 차례대로 입힌다.

4. 무쇠 냄비 또는 팬에 식물성 기름을 넣은 뒤, 돼지고기를 한쪽 면당 5분 정도씩 튀긴다. 황금빛이 돌면 꺼내어 체망이나 키친타월 위에 두어 기름을 제거한다.

5. 각각의 접시에 양배추, 돈가스, 레몬 조각을 담는다. 돈가스 소스나 간장과 함께 낸다.

소울무비 소울푸드

심야식당
여러 감독, 2009년에 첫 에피소드 발표

만화가 원작으로, 도쿄 신주쿠의 이자카야 주인과 그 손님들의 이야기가 담긴 TV 시리즈이다. 손님들이 '마스터'라 부르는, 과묵하고 차분하고 신중한 주인은 메뉴판에 딱 한 가지메뉴만 올려둔다. 바로 미소에 돼지고기와 채소를 넣어 끓인 돈지루다. 그렇지만 알맞은재료만 있다면 손님들이 요청하는 음식은 무엇이든 만들어준다. 자정부터 아침 7시까지영업하는 이 식당에는 야쿠자부터 신문 배달부, 스트리퍼까지, 밤의 피난처를 찾거나 식사를 하러 혼자 가게를 찾는 손님들이 이어진다. 각 에피소드마다 한 손님과 그 손님과 개인적 인연이 있는 메뉴, 그리고 해결해야 할주제나 갈등이 등장한다. 이 작품에서는 사회적, 문화적 장벽을 뛰어넘어 하나 이상의 일본 요리를 독창적이고, 섬세하고, 더러는 철학적인 방식으로 풀어나간다. 여기에 마무리로 해당 에피소드의 핵심 메뉴를 마스터의 전문적인 손길로 '이렇게 하면 더 맛있어요!' 하고 알려주는 장면은 보너스다!

"돼지고기와 야채를 함께 끓인 프랑스 토속요리인 포테와 닮았다고도 할 수 있는 이 메뉴는 향신료의 맛이 뚜렷하다는 점에서 포테와는 매우 다릅니다."

[심야식당]

준비할 재료

• 시치미(57페이지 참고할 것)

냄비 요리 재료
• 배추 잎 2장
• 팽이버섯 50g
• 중간 정도로 단단한 두부(모멘도후) 50g
• 돼지고기 삼겹살 4조각
• 다시 400ml(9페이지를 참고할 것)
• 요리용 청주 2큰술

폰즈 소스 재료
• 데리야키 소스 2큰술
• 오렌지 주스 2큰술
• 쌀 식초 1작은술

도구
• 도자기 또는 무쇠 냄비

부타나베
돼지고기 배추 나베

1. 배추 잎을 작은 조각으로 자른다. 팽이버섯은 밑둥을 자른 뒤 작은 묶음으로 쪼갠다. 두부를 한 변이 4cm, 다른 한 변이 2cm 정도 되는 사각형으로 자른다. 돼지고기 삼겹살은 2~3조각으로 자른다.

2. 도자기 그릇이나 냄비에 재료를 가지런히 담은 뒤, 다시와 청주를 붓는다. 뚜껑을 덮고 5분 동안 졸인 다음 거품을 걷어내고 다시 5분 더 익힌다. 폰즈 소스 재료를 섞은 다음, 작은 볼에 담아서 낸다. 나베에 시치미를 뿌린다. 기호에 따라 재료를 추가해가며 먹는다.

"재료 준비는 간단하지만, 달걀말이를 잘 굴리고 접으려면 숙련이 필요합니다. 그리고 직사각형 팬이 필요하다는 것을 잊지 마세요!"

[심야식당]

준비하기

• 중간 크기 달걀 3개
• 설탕 1/2큰술
• 간장 1/2작은술
• 식물성 기름

도구
• 직사각형 코팅팬

다마고야키
일본식 달걀말이

1. 우묵한 그릇에 달걀을 깨고 푼 다음, 설탕과 간장을 넣어 섞는다.

2. 중불에서 코팅팬을 데운 다음, 반으로 접은 키친타월과 젓가락을 이용해 팬에 기름을 바른다. 풀어놓은 달걀물을 얇게 붓는다. 얇게 편 달걀물이 거의 익었을 즈음, 주걱을 이용해 폭이 3cm 정도가 되도록 길게 접은 다음, 한 번 더 접는다. 달걀을 팬의 가장자리로 조심스럽게 굴려 보낸다. 팬의 빈 공간에 기름을 바른 다음, 나머지 달걀물을 얇게 붓는다. 달걀을 익힌 다음 앞선 과정을 반복한다. 접시에 담는다.

映画の料理

쌀과 채소

"아게비타시라고 부르는 정통적인 일본 요리이자 전형적인 여름 음식입니다. 이 소스를 뿌린 튀긴 가지는 입맛을 돋우는 별미입니다."

[마이코네 행복한 밥상]

준비할 재료

• 무 1/2개
• 중간 크기 가지 2개
• 튀김용 식물성 기름 2컵
• 파 2줄기
• 생강 20g
• 가쓰오부시 10g

소스 재료
• 다시 1/2컵(9페이지를 참고할 것)
• 미림 3큰술
• 요리용 청주 3큰술*
• 간장 3큰술*
• 설탕 1큰술

아게비타시
소스를 뿌린 튀긴 가지

1. 작은 냄비에 소스 재료를 모두 섞고 끓인 다음, 불에서 내린다.(수분이 증발하지 않도록 뚜껑을 덮는다.)

2. 무 껍질을 벗겨서 잘게 썬다. 파는 잘게 다지고 생강은 껍질을 벗겨 잘게 썬다.

3. 가지를 손질한다. 꼭지를 제거한 다음, 세로로 4조각으로 썬다. 가지 윗면에 사선으로 일정하게 칼집을 낸다. 칼집 간격은 0.5cm로 한다. 그 다음, 가지를 3~4조각으로 자른다.

4. 튀김 기름을 170°C로 데운다. 젓가락을 담가서 온도를 확인한다. 샴페인 중간 크기 기포가 생겨야 한다.

5. 껍질이 아래쪽으로 가도록 해서 가지 몇 조각을 기름에 넣어 튀긴다. 튀긴 가지를 꺼내서 기름을 털어낸 다음, 껍질을 아래쪽으로 가도록 해서 체망이나 키친타월에 놓는다. 나머지 조각도 튀긴다.

6. 가지를 우묵한 그릇에 담는다. 소스를 데워 가지 위에 붓는다.

7. 소스는 그대로 남겨두고 가지를 접시에 담는다. 가쓰오부시를 뿌리고, 그 위에 잘게 썬 무와 생강을 올린다. 소스 1큰술을 두른 다음, 파를 곁들인다.

*간장과 청주 대신 데리야키 소스 5큰술로 대체할 수도 있다.

"엄청 간단하게 조리하면서도 기대 이상의 결과물을 만들어 내는 레시피입니다. 입에서 살살 녹는 가지와 새콤달콤한 미소 소스의 풍미가 어우러진 요리입니다."

[심야식당]

준비시간 짧은

• 작은 가지 4개

미소 소스 재료
• 아카미소 80g
• 헤이즐넛 퓌레 또는 타히니 3큰술
• 메이플 시럽 또는 설탕 2큰술
• 미림 또는 사과 주스 3큰술

나스덴가쿠

가지 미소 구이

1. 미소 소스를 준비한다. 작은 냄비에 아카미소를 넣고, 헤이즐넛 퓌레, 메이플 시럽, 미림을 넣는다. 계속 저어주며 중불에서 데운 다음, 끓기 직전에 불에서 내려 그대로 둔다.

2. 가지를 200°C 오븐에서 20분 동안 굽는다. 가지가 다 익으면 가운데에 세로로 칼집을 낸다. 가지 속에 미소 소스를 채워 넣는다.

"일본 문화에서 절대 빼놓을 수 없는 완전한 메뉴. 균형 잡히고 어디서든 바로 먹을 수 있으며, 각자 입맛에 맞춰 준비한 다양한 요리로 구성됩니다!"

[리틀 포레스트]

• 차조기 잎 8장
• 대나무 잎 4장(선택 사항) 또는 도시락통
• 다마고야키(119페이지를 참고할 것)

오니기리 재료(8개 분량)
• 흰쌀 450g(11페이지를 참고할 것)

오니기리용 미소 소스 재료
• 아카미소 80g
• 타히니* 3큰술
• 메이플 시럽 또는 설탕 2큰술
• 미림 또는 사과 주스 3큰술

쓰케모노(일본식 피클) 재료
• 다시마 5cm
• 래디시 1단
• 소금 1작은술
• 설탕 1/2작은술
• 잘게 썬 유기농 오렌지 껍질 1작은술

벤토

도시락: 미소를 발라 구운 오니기리,
달걀말이, 무 절임…

1. 밥을 짓는다.

2. '쓰케모노'를 준비한다. 접시에 물 2큰술을 담고 다시마를 담근 다음 10분 동안 불린다. 래디시를 씻어서 잎사귀 부분을 제거하고 지퍼백에 넣은 뒤, 소금, 설탕, 오렌지 껍질, 가위로 잘게 자른 다시마, 그리고 다시마를 담갔던 물을 넣는다. 지퍼백을 닫고 주무른 뒤, 그대로 둔다.

3. 오니기리용 미소 소스를 준비한다. 작은 냄비에 재료를 모두 섞는다. 거품기로 계속 저어가며 중불에서 데운 뒤, 끓기 직전에 불에서 내린다. 소스는 부드럽게 저어져야 한다. 준비한 소스는 우묵한 그릇에 담고 랩을 씌워 그대로 보관한다.

4. 다마고야키를 준비해 8조각으로 자른다.

5. 삼각형 모양 오니기리를 만든다. 밥이 아직 따뜻할 때 모양을 잡는다. 도마 위에 랩을 한 장 깐다. 숟가락을 이용해 밥의 1/8을 랩 가운데에 펼쳐놓고, 양쪽의 랩을 오므린 다음 랩 위쪽을 꼰다. 그런 다음, 양 옆을 손으로 눌러 삼각형 모양을 완성한 뒤 랩을 벗겨낸다. 소금을 가볍게 뿌린다. 나머지 7개도 같은 방식으로 만든다. 마무리가 되면 오니기리 위에 미소 소스를 바른 다음, 소스가 황금빛이 될 때까지 오븐에 굽는다. 오븐에서 꺼낸 뒤, 각 오니기리에 차조기 잎을 붙인다.

6. 대나무 잎 위에 오니기리 2개, 다마고야키 2조각, 무 절임 약간을 올려놓은 다음 접는다.

*참깨를 곱게 갈아만든 페이스트로, 중동 지역에서 널리 쓰이는 소스다.

"이 레시피의 특징은 모든 재료를 함께 넣고 밥을 짓는다는 점입니다. 사실 '타키코미고항'은 '함께 지은 밥'이라는 뜻이기도 합니다."

[어제 뭐 먹었어?]

- 연어 2덩어리
- 흰쌀 450g
- 당근 1개
- 잎새버섯 또는 표고버섯 150g
- 돼지감자 100g
- 물 500ml
- 다시마 10cm

연어 절임 재료
- 물 200ml
- 고운 소금 2큰술
- 설탕 1큰술

양념 재료
- 간장 3큰술
- 요리용 청주 3큰술
- 참기름 1작은술

타키코미고항
일본식 모둠 솥밥

1. 연어 덩어리를 세로로 두 조각으로 자른 다음, 보관용기나 주방용 비닐봉투에 담아 고운 소금, 설탕, 물을 넣고 하룻밤 재운다.

2. 쌀을 볼에 담고 찬물을 부어 손으로 휘저어 씻은 다음, 빠르게 물을 버린다. 이와 같은 방법으로 반복해 가며 맑은 물이 나올 때까지 씻는다. 쌀이 하얗게 되도록 1시간 동안 둔다. 다시마는 물 500ml에 담가 놓는다.

3. 당근은 껍질을 벗기고 채 썬다. 버섯 줄기를 잘라내고 작은 조각으로 썬다. 돼지감자를 문질러 가며 씻어서 5mm 정도 두께로 둥그렇게 자른다. 그 다음 물에 담갔다가 건져내 물기를 뺀다.

4. 냄비에(물기를 제거한)쌀, 다시마 우린 물, 그리고 다시마, 절인 연어, 채소를 비롯해 모든 양념 재료를 넣는다. 뚜껑을 덮고 강불에서 3분 정도 끓인다. 약불로 낮춘 다음, 10분 동안 가볍게 끓인다. 냄비를 불에서 내린 다음, 수증기로 쌀이 마저 익도록 뚜껑을 덮은 채 15분 동안 뜸을 들인다. 그릇에 나누어 담고 양념장을 곁들여 낸다.

"딱 보기에 간단해 보이지만, 두부의 부드러운 식감을 최대한 살린 따뜻하고 영양이 풍부한 레시피입니다."

[마이코네 행복한 밥상]

준비 재료

유도후
소스와 향신료를 넣어 끓여낸 두부

- 중간 정도로 단단한 두부(모멘도후) 또는 두부 2모
- 물냉이 1단
- 다시마 1개(10cm 정도)
- 요리용 청주 1큰술
- 소금 한 꼬집

소스 재료
- 간장 1/2컵
- 요리용 청주 2큰술
- 미림 2큰술
- 가쓰오부시 1/2컵

추가로 넣을 수 있는 재료
- 파 1줄기
- 잘게 썬 생강
- 시치미
- 유즈코쇼(초록색 유자와 고추로 만든 페이스트)

도구
- 도자기로 만든 냄비 또는 솥

1. 다시를 준비한다. 도자기로 만든 냄비 또는 솥에 물을 800ml 정도 담고 다시마를 30분 동안 담가둔다. 시간이 부족할 경우, 다시마를 넣은 물을 아주 약한 불로 데운다.

2. 작은 냄비에 가쓰오부시를 제외한 모든 소스 재료를 넣는다. 냄비의 내용물이 끓으면 가쓰오부시를 넣는다. 젓가락을 이용해 잘 섞으며 1~2분 동안 익힌다. 이렇게 만든 소스는 체에 거르지 말고 작은 볼에 담는다.

3. 두부를 주사위 꼴로 6조각으로 자른다. 물냉이를 씻고 큼직하게 자른다. 다시를 끓이고, 청주와 소금을 넣는다. 끓어오르면 두부 조각을 넣는다. 몇 분쯤 지나 두부가 데워지면 물냉이와 다른 재료들을 취향에 따라 넣는다. 두부를 작은 그릇 4개에 나누어 담고, 소스를 끼얹어 낸다.

소울무비 소울푸드

아사다 가족

나카노 료타 – 2020년

아사다 마사시의 실화를 바탕으로 한 이 영화는 열정 넘치던 전문 사진작가의 삶을 따라간다. 그의 데뷔 시절부터 2011년 쓰나미 이후 실종자를 찾아 나선 그가 인정을 받을 때까지를 보여준다. 그의 단 한 가지 주제는 바로 자신의 가족이다. 어머니부터 형에 이르기까지 가까운 사람들이 꿈꾸는, 일상과는 멀리 떨어진 환상 같은 삶 속의 상황, 자세, 분장 등을 연출해 불멸의 사진을 찍어나간다. 그들은 라멘 가게의 종업원, 소방관, 카레이서 또는 록 그룹 예술가를 꿈꾸는데….

이 영화에는 빈틈없는 낙관주의, 기쁨의 공유, 연대감, 그리고 의심할 수 없는 사진의 미덕이 시종일관 흐른다. 때로는 우스우면서도 때로는 감동적으로. 이 영화 속에서 일본의 음식은 따스하고 진정성 넘치는 분위기를 자아낸다. 마치 아버지가 아끼는 가족들을 위해 맛있는 반찬을 만들 때처럼 말이다.

"모든 카레라이스에는 자신만의 레시피로 만들어주는 비밀 재료가 있습니다. 여기서는 갈아넣은 사과가 비밀 재료입니다."

[아사다 가족]

준비할 재료

• 흰쌀 450g(11페이지를 참고할 것)
• 부드러운 소고기 400g(안심, 등심 등)
• 당근 2개
• 중간 크기 감자 2개
• 양파 1개
• 생강 10g
• 마늘 1쪽
• 사과 1/2개
• 식용유 1큰술
• 물 600ml
• 일본식 고형 카레 100g

카레라이스

1. 쌀을 씻어서 밥을 짓는다.

2. 당근, 감자, 양파는 껍질을 벗긴다. 당근은 폭 2cm 정도 되는 조각으로 썰고, 감자는 보통 크기로 깍둑썰기 한다. 양파는 반으로 자른 다음, 두께가 5mm 정도 되게끔 얇게 썬다. 소고기는 두께 3cm 정도로 썬 다음 깍둑썰기 한다. 생강과 마늘은 껍질을 벗기고 간다. 사과는 껍질을 벗기고 씨 부분을 제거한 다음, 구멍이 큼지막한 강판에 간다.

3. 냄비에 기름을 두르고 깍둑썰기 한 소고기를 넣은 다음, 갈색이 되도록 익힌다. 양파를 넣고 중불에서 3분 동안 볶는다. 당근, 간 사과, 깍둑썰기 한 감자, 마늘, 생강을 넣고 잘 섞어준 뒤, 물을 붓는다. 냄비 뚜껑을 덮고 불을 줄인 뒤, 20분 정도 또는 채소가 익을 때까지 익힌다.

4. 고형 카레를 작게 깍둑썰기 한 다음, 끓고 있는 냄비에 넣어 색을 내고 농도를 진하게 만든다. 5분 동안 익힌다.

5. 접시 4개에 밥과 카레를 나누어 담는다.

카모메 식당

오기가미 나오코 - 2006년

핀란드로 이민을 간 독신의 일본인 사치에는 그곳에서 작은 식당을 연다. 한 달이 지나도록 손님이 한 명도 찾아오지 않았지만, 사치에는 뜻을 굽히지 않고 계속 가게 문을 연다. 그리고 곧 사치에의 가게에는 이곳으로 잠시 피신을 하러 온, 조금은 길을 헤매는 주인공들이 조금씩 조금씩 찾아오게 된다. 원제는 '갈매기 식당'이라는 뜻을 지닌 이 영화는, 오기가미 나오코 감독이 사랑하는 두 가지 주제인 문화와 고정관념의 충돌을 강조한다. 또한, 정겹기도 하고 어처구니없기도 하며 사랑스럽고 부조리하며 때로는 경쾌하고 때로는 우스꽝스러운 인물들이 서서히 형성하는 관계를 중심으로 이야기가 전개된다. 일본에서는 평온한 삶과 마음을 차분하게 해주는 풍경을 보여주는 전형적인 '이야시케이 에이가' 즉, '마음에 위안을 주는 힐링 영화'로 분류된다. 이 영화를 본 사람이라면 누구나 헬싱키에 잠시 들러서 '갈매기 식당'의 사치에가 만들어준 오니기리를 맛보고 싶다는 꿈을 품을 것이다.

날씨의 아이

신카이 마코토 – 2019년

어린 고등학생 모리시마 호다카는 자신이 살고 있는 외딴 섬을 떠나 도쿄로 간다. 그렇게 마주하게 된 도시 정글에서 호다카는 생활비를 마련하고자 과학으로 설명할 수 없는 신비로운 현상을 다루는 잡지사에서 일을 하게 된다. 일본에 유례없이 기이한 폭풍우가 몰아치는 가운데, 호다카는 이른바 날씨의 여사제라는 인물을 조사하는 임무를 맡는다. 그는 이 이야기를 믿지 않았지만, 열정 넘치고 결단력 있는 여자아이인 아마노 히나를 만나며 호다카의 인생이 바뀌게 된다. 히나는 실제로 비를 멈추고 하늘을 맑게 만드는 초자연적인 힘을 지니고 있었던 것이다. 이 영화에서 히나는 자기만의 특별한 요리를 호다카에게 만들어준다. 밥과 채소에 감자칩을 살짝 더해 맛과 독창성을 발휘해 만든 볶음밥이었다. 거대한 한 편의 시와도 같은 생태 우화를 배경으로 두 청소년 사이에서 전개되는 이 로맨스 영화는 신카이 마코토 감독의 작품이다. 이 감독은 걸작 애니메이션 〈너의 이름은〉이 국제적으로 성공을 거두며 2016년부터 대중에게 알려지기 시작했다.

"다양한 방식으로 변형할 수 있는 유명한 일본 음식으로, '오무스비'라고도 부릅니다."

[카모메 식당]

• 흰쌀 450g(11페이지를 참고할 것)
• 김 3장

첫 번째 오니기리 재료
• 양념하지 않은 참치 80g(통조림 참치)
• 마요네즈 1큰술
• 간장 1/2작은술
• 와사비 1/5작은술(선택 사항)
• 소금

두 번째 오니기리 재료
• 가쓰오부시 1큰술
• 간장 1큰술
• 참기름 1/2작은술

오니기리
주먹밥

1. 첫 번째 오니기리 속재료를 준비한다. 참치 통조림의 기름을 빼고 볼에 넣은 다음, 잘게 부수어 마요네즈, 와사비, 간장과 섞은 뒤, 랩을 씌우고 그대로 둔다. 두 번째 오니기리 속재료는 재료를 모두 볼에 넣고 섞어놓는다.

2. 첫 번째 오니기리 재료를 넣을 주먹밥을 삼각형 모양으로 만드는데, 밥이 아직 따뜻할 때 만든다. 도마 위에 랩을 한 장 올리고 랩 한가운데에 밥의 1/8을 놓고, 숟가락으로 편다. 속재료로 준비한 참치의 1/5을 가운데에 올려둔 다음, 양쪽 랩을 오므리고 윗부분을 손으로 꼰다. 그 다음, 손으로 양쪽을 눌러 삼각형을 만든다. 랩을 제거하고 소금을 살짝 뿌린다. 나머지 3개도 같은 방식으로 만든다. 마지막에는 오니기리 위에 나머지 참치 1/5을 얹는다.

3. 두 번째 오니기리 재료를 넣을 주먹밥을 삼각형 모양으로 만든다. 첫 번째 오니기리와 마찬가지로, 주먹밥 가운데에 참치 대신 두 번째 속재료의 1/5씩을 넣어 오니기리를 4개 만든다. 그런 다음 랩을 이용해 마지막으로 삼각형 모양을 잡는 과정을 반복한다. 마지막에는 남아 있는 속재료의 1/5을 오니기리 위에 얹는다.

4. 김을 가로로 3조각으로 자른다. 각 김의 가운데에 오니기리를 얹고 가장자리를 마무리한다. 접시에 보기 좋게 담아낸다.

"만들기 쉬운 이 볶음밥은 〈날씨의 아이〉 여주인공이 생각해 낸 별미 가운데 하나입니다."

[날씨의 아이]

주메뉴 레시피

- 양송이버섯 100g
- 양파 1개
- 햄 4장
- 밥 700g(11페이지를 참고할 것) 또는 쌀 300g
- 감자칩 20g
- 간장 1큰술
- 식물성 기름 또는 올리브유
- 소금, 후추

곁들임 재료
- 완두콩 싹 또는 고수 약간
- 감자칩 12개
- 달걀 노른자 4개

감자칩과 새싹 채소를 곁들인 볶음밥

1. 버섯의 기둥을 제거한 다음, 기둥 부분과 버섯의 머리 부분을 잘게 깍둑썰기 한다. 양파는 껍질을 벗기고 잘게 썰고, 햄도 잘게 썬다. 팬에 올리브유를 두르고 양파를 볶은 다음, 버섯, 햄, 밥, 간장, 소금, 후추, 손으로 부수어 넣은 감자칩을 넣고 볶는다.

2. 접시에 볶음밥의 1/4을 담는다. 볶음밥 한가운데에 조그맣게 움푹 파인 자리를 만든 뒤, 달걀 노른자를 올린다. 나머지 세 접시도 같은 방식으로 담는다.

3. 각 접시에 달걀 노른자 주위로 완두콩 싹을 뿌리고, 옆에는 감자칩 3개를 곁들여 낸다.

오차즈케의 맛

오즈 야스지로 - 1952년

오래 전 중매로 결혼해 아이 없이 살아가는 타에코와 모키치는 점점 더 부부생활이 피폐해지며, 대화도 공유하는 내용도 아주 최소한으로 줄어들었다. 일에 골몰하는 모키치를 타에코는 '잉어'라고 부르며 불만스럽게 여기고, 마치 도피를 하듯이 되도록 친구들과 시간을 보내려고 한다. 하지만 모키치가 갑자기 외국으로 출장을 가게 되고, 타에코는 자신의 삶에서 남편의 자리는 그 무엇과도 바꿀 수 없다는 사실을 깨닫는다. 남편이 돌아오자, 두 사람은 함께 준비한 오차즈케를 놓고 마주 앉아 재회를 기념한다. 한밤중을 배경으로 삼은 감동적인 이 장면에서 두 사람은 요리 재료와 도구를 찾아 함께 쓰며 이 전통적인 음식을 만들어낸다. 이 영화는 비교적 묵직한 주제를 다루고 있음에도 코믹한 요소가 가득하고, 감미로우리만치 느긋하며, 일상의 세세한 면에 세심하게 주의를 기울이고 있다. 모든 면이 서로 반대되는 것만 같은 일본 부부의 단순하면서도 진정성 있는 모습을 세밀하게 그려냈다.

원령공주

미야자키 하야오 – 1997년

15세기 중세 일본, 젊은 궁수인 아시타카는 악마가 된 멧돼지 신을 죽인 뒤 저주에 걸린다. 자신을 이 마법에서 풀어줄 수 있는 유일한 존재인 사슴 신을 찾아 떠난 아시타카는 젊은 원령공주인 산과 산이 자라난 환상적인 숲, 그리고 이 지역을 이용하고 파괴하며 대장간 마을을 운영하는 강력한 여인 에보시 사이에서 일어나는 전쟁에 자신의 뜻과는 무관하게 휘말린다.

이 영화는 상징이 가득한 애니미즘 세계 속에서 치밀하고 밀도 높은 줄거리와 복잡하고 어두운 인물들이 중심이 되어 전개된다. 또한, 인간과 환경의 관계, 분쟁 시 폭력의 확대, 여성의 지위, 노동의 가치, 관용과 같은 보편적인 주제를 다룬다. 폭력적이면서도 시적인 작품으로, 웅장한 서사시와 같은 역사극인 일본의 '지다이게키(시대극)' 전통을 따른다.

"차라는 뜻인 '오차'와 담근다는 뜻인 '즈케'라는 이름대로 만드는 간단하고 대중적인 메뉴로, 여러 가지 변형이 가능하고 수많은 음식과 곁들일 수 있습니다."

[녹차]

4인분
준비 시간: 5분
조리 시간: 10분
재우는 시간: 하룻밤

오차즈케
차밥

• 밥 4그릇(11페이지를 참고할 것)
• 연어 두 덩어리
• 잘게 찢은 김 1/2장
• 다진 쪽파 1/5단
• 볶은 깨 2큰술
• 와사비(선택 사항)
• 녹차 또는 다시(9페이지를 참고할 것)

연어 절임 재료
• 물 200ml
• 고운 소금 2큰술
• 설탕 1큰술

1. 연어 덩어리를 세로로 두 조각으로 자른 다음, 보관용기나 주방용 비닐봉투에 담고 고운 소금, 설탕, 물을 넣는다. 하룻밤 동안 양념이 배도록 재워둔다. 양념에 재워둘 만한 시간이 없으면, 고운 소금 2큰술을 연어에 뿌린 다음, 그대로 냉장고에 15분 동안 보관한다. 그런 다음 물에 씻어 소금을 제거하고 물기를 닦아낸다.

2. 키친타월로 연어의 물기를 제거한 다음, 180°C 오븐에서 10분 동안 굽는다. 연어가 익으면 껍질과 가시를 제거한 다음, 포크를 이용해 살코기를 잘게 부순다.

3. 밥을 담은 그릇에 연어 조각, 잘게 부순 김, 깨, 쪽파를 얹는다. 뜨거운 차나 다시 육수를 붓는다. 와사비를 곁들여 먹는다(선택 사항).

"쌀죽과 일본 음식을 좋아하는 사람들에게 이상적인 조합입니다. 사용하는 쌀은 입맛에 따라 다른 곡류로 대체해도 됩니다."

[원령공주]

재료 (준비할)

- 흰쌀 150g
- 물 1L
- 건조 다시 가루 2작은술
- 쪽파 1/2단
- 미소 50g

도구
- 도자기로 만든 솥 또는 냄비

시라가유

일본식 쌀죽

1. 쌀을 볼에 담고 차가운 물을 이용해 손으로 문질러 가며 씻은 다음, 빠르게 물을 버린다. 맑은 물이 나올 때까지 같은 작업을 반복한다. 쌀의 물기를 제거한 다음, 솥에다 쌀을 넣고 물 1리터와 건조 다시 가루를 넣는다. 쌀이 하얗게 변할 때까지 30분에서 1시간 정도 그대로 둔다(불리기 전 쌀은 반투명한 상태다).

2. 솥에 뚜껑을 덮고 강불에서 끓인다. 끓고 나면 약불로 줄인 다음, 30분에서 45분 정도 약하게 익힌다.

3. 죽이 다 되면 불을 끄고, 물기가 있는 나무 주걱을 이용해 잘 섞는다. 쪽파를 잘라(길이 5mm 정도) 죽에 섞는다.

4. 국자에 물을 조금 담아 미소를 푼 다음, 솥에 넣고 죽과 섞는다.

5. 그릇 4개에 나누어 담아서 곧바로 낸다.

격신도

여러 감독 – 2021년

오사카에 있는 음료 회사의 마케팅 담당 직원인 사루카와 켄타는 도쿄로 전근을 간다. 그는 친해질 의지가 없는 새로운 동료들과 부딪히지만 이들과 녹아들기 위해 노력하며 가장 까다로운 고객을 떠맡게 된다. 게다가 어마어마하게 매운 음식을 좋아하는 새로운 상사, 다니오카 가즈히코의 영향으로 사루카와는 '맵고 향신료 가득한' 미식의 세계에 발을 들이기로 결심한다. 이렇게 차근차근 배워가고 또 협상가로서의 재능을 발휘한 덕분에 사루카와는 도쿄 지점의 매출을 현저하게 올린다. 그 과정에서 여러 동료들과 친해지는 데 성공한다. 2023년까지도 방송 중인 이 시리즈의 에피소드 24개는 하나하나가 엄청나게 매운 음식을 알아가는 기회가 된다. 이렇게 매운 음식은 확실히 일본의 전통에서는 의외이고 비전형적인 것이다. 하지만 이러한 반전과 각각의 음식을 맛보는 일 덕분에 전체 줄거리 속 음모와 연기가 더욱 코믹하면서도 사랑스럽고 유쾌하게 느껴진다.

언어의 정원

신카이 마코토 - 2013년

15살 다카오는 구두 수선공이 되고자 도쿄에서 견습생으로 지내고 있다. 꿈이 많고 외로운 그는 수업이 없을 때면 신주쿠 교엔 국립 정원을 피신처 삼아 그곳에서 신발을 그린다. 바로 그곳에서 비밀이 많은, 자신보다 12살이 많은 선생님인 유키노를 만난다. 유키노 역시 직장 생활을 하며 겪는 문제에서 달아나고자 정원을 찾아왔다. 두 사람은 아무런 약속을 하지 않았지만 정원에서 몇 번이고 마주친다. 항상 비가 오는 아침에 말이다. 수줍음, 서투름, 기대, 그리고 의심 사이에서 둘은 결국 점점 서로에게 마음을 연다. 특히 다카오는 유키노에게 구두 한 켤레를 만들어 주는데, 이는 이제 막 시작한 두 사람의 관계를 보여주는 상징이자 은유다. 공들여 만든 감동적인 중편 영화이자 훌륭한 시라고 할 수 있는 이 신카이 마코토 감독의 애니메이션은 한결같이 부드럽고, 감미롭고, 사실적인 스케치를 보여준다. 특히, 토마토와 채소를 얹은 맛있는 차가운 라멘, 즉 '히야시추카'를 만드는 장면은 두고두고 잊혀지지 않을 것이다.

"말 그대로 하자면 '좋아하는 대로 구운 것'이라는 뜻을 지닌 맛있는 일본식 부침개로, 오사카에서 특히 인기가 있습니다. 각자 입맛에 맞게 재료를 넣어 먹을 수 있습니다."

[격신도]

준비할 재료

- 고깔양배추 또는 양배추 400g
- 파의 하얀 부분 1/4개
- 오징어 200g
- 껍질을 제거한 칵테일 새우 200g
- 오코노미야키 소스
- 마요네즈
- 고춧가루
- 그린 할라피뇨 페이스트
- 붉은 고추 4개

반죽 재료
- 밀가루 400g
- 차가운 다시 400ml
- 달걀 4개

오코노미야키
여러 속재료를 넣고 매콤 양념을 곁들인 부침개

1. 양배추와 파를 곱게 다진다. 오징어는 씻어서 작은 조각으로 자른다.

2. 반죽을 준비한다. 볼에 밀가루를 넣고 차가운 다시와 달걀을 넣은 다음, 거품기를 이용해 섞는다. 반죽에 양배추와 파를 넣는다.

3. 팬에 기름을 살짝 두르고 데운다. 반죽을 붓고, 그 위에 오징어와 새우를 얹는다. 반죽이 황금빛이 될 때까지 중불에서 5분 정도 익힌 다음 뒤집는다. 반대편도 5분 정도 익힌 다음, 접시에 담는다.

4. 오코노미야키 소스와 마요네즈, 고춧가루를 뿌리고, 가운데에 할라피뇨 페이스트 약간과 붉은 고추를 올린다.

"서양에서 영감을 받아 만든 일본 요리인 '요쇼쿠' 요리의 아주 고전적인 메뉴입니다."

[언어의 정원]

- 양송이버섯 100g
- 양파 1개
- 올리브유
- 밥 700g 또는 쌀 300g
- 케첩 120ml
- 소금
- 설탕

오믈렛 재료
- 달걀 8개
- 우유 4큰술
- 설탕 1큰술
- 식물성 기름 또는 올리브유
- 후추
- 소금 한 꼬집

곁들임 재료
- 방울토마토 8개
- 다진 파슬리
- 어린잎 채소

서빙용 재료
- 케첩

도구
- 코팅 프라이팬

오므라이스
얇은 오믈렛으로 감싼 케첩 볶음밥

1. 양송이버섯 기둥을 떼어낸 다음, 기둥 부분과 머리 부분을 잘게 깍둑썰기 한다. 양파는 껍질을 벗기고 얇게 썬다. 팬에 올리브유를 두른 다음, 양파를 볶다가 양송이버섯과 밥을 넣어 볶는다. 소금과 후추로 간을 하고, 케첩을 섞는다. 볶음밥을 4등분한다.

2. 오믈렛을 만든다. 커다란 볼에 달걀 2개를 깨서 넣은 다음, 우유 1큰술, 설탕 1/4큰술, 소금, 설탕을 넣고 섞는다. 팬에 기름을 두르고 중불로 데운 뒤 달걀물을 붓는다. 오믈렛이 아직 반숙 상태일 때 볶음밥 1인분을 오믈렛 한가운데에 올린다. 오믈렛의 양쪽 면으로 볶음밥을 덮는다. 그런 다음, 프라이팬 위에 접시를 올리고 팬을 뒤집는다. 접시에 놓인 오므라이스 위에 케첩을 뿌리고 다진 파슬리를 곁들인다. 오므라이스 옆에는 방울토마토 2개와 어린잎 채소를 곁들인다. 같은 방식으로 반복해 나머지 3접시를 만든다.

映画の料理

디저트와 차

"1920년대 교토에서 탄생했을 것으로 추정되는 이 샌드위치는 주인공인 키요의 진정한 성공작입니다. 키요는 딸기와 오렌지를 완벽하게 조합한 이 디저트로 하숙생들에게 크나큰 기쁨을 안겨줍니다."
[마이코네 행복한 밥상]

4인분
준비 시간: 30분
재우는 시간: 1시간

준비하세요 ·

• 딸기 18개
• 통조림 복숭아 4조각
• 오렌지 1개
• 얼음
• 식빵 8조각
• 민트 잎 약간

휘핑크림 재료
• 생크림 400ml(유지방 35%)
• 설탕 40g

후르츠산도

식빵에 계절 과일을 넣고
휘핑크림을 발라 만든 샌드위치

1. 딸기 꼭지를 떼어내고 통조림 복숭아는 네 조각으로 자른다. 오렌지는 양쪽 끝을 잘라낸 뒤, 손으로 껍질을 벗긴다. 오렌지를 한 알씩 떼어낸 다음, 오렌지 알맹이 속껍질을 제거한다. 접시에 키친타월을 깔고 그 위에 과일을 둔다.

2. 커다란 볼에 얼음을 담고 물을 반쯤 채운다. 그보다 작은 볼을 얼음물이 담긴 커다란 볼에 넣은 뒤, 생크림과 설탕을 작은 볼에 넣는다. 전동 거품기를 이용해 부드러운 휘핑크림을 만든다.

3. 각 식빵의 한쪽 면에 휘핑크림을 바른다. 휘핑크림은 약간 남겨두었다가 나중에 과일 위에 덮는다. 샌드위치를 반으로 자를 모양에 따라서 휘핑크림 위에 과일을 얹는다. 삼각형으로 잘라도 되고, 직사각형으로 잘라도 된다. 휘핑크림을 바른 쪽이 안으로 오도록 해서 다른 식빵으로 위를 덮는다. 샌드위치를 랩으로 감싼 다음, 냉장고에 1시간 동안 넣어둔다. 샌드위치를 냉장고에서 꺼내 랩을 제거하고 계획해두었던 모양대로 두 조각으로 자른다. 칼을 뜨거운 물로 헹군 다음, 나머지 샌드위치도 자른다. 식빵 가장자리를 잘라 과일이 잘 보이도록 만든다.

"이 디저트를 먹는 츠루코마의 표정이 이 메뉴가 주는 미식의 즐거움이 얼마나 큰지를 여실히 말해 줍니다! 편안한 분위기에서 맛보는 일요일의 브런치를 완성해주는 독창적인 요리입니다."
[마이코네 행복한 밥상]

- 식빵 4조각
- 커다란 달걀 4개
- 설탕 80g
- 바닐라 추출물 2방울
- 우유 300ml
- 무염 버터 2큰술(접시에 바르는 용도)

캐러멜 소스 재료
- 설탕 2큰술
- 실온의 물 1큰술
- 뜨거운 물 1큰술

도구
- 그라탕용 작은 그릇 4개 또는 용량 800ml짜리 커다란 접시 1개

식빵 푸딩

1. 오븐을 180°C로 예열한다.

2. 식빵 푸딩을 준비한다. 그라탕용 조그만 그릇 또는 큰 접시에 버터를 바른다. 식빵을 작은 조각으로 자른 다음, 적당한 간격을 두고 접시에 담는다.

3. 중간 크기 볼에 달걀을 깨서 넣고 설탕을 넣는다. 달걀과 설탕이 잘 섞일 때까지 푼다. 바닐라 추출물을 넣고, 우유를 조금씩 조금씩 부어가면서 전부 다 섞는다.

4. 달걀물을 식빵 조각 위에 붓는다. 달걀물을 반 정도 붓고 식빵이 달걀물을 흡수할 때까지 기다렸다가 나머지도 붓는다.

5. 오븐 한가운데에 접시를 넣고 위쪽이 황금빛이 될 때까지 20~30분 굽는다.

6. 캐러멜 소스를 만든다. 푸딩이 완성되기 전(5분 전), 스테인리스 냄비에 설탕과 실온의 물을 넣은 다음, 섞지 않은 채로 중불에서 데워 설탕이 다 녹을 때까지 둔다. 설탕이 모두 녹으면 불을 살짝 올린다. 기포가 올라오기 시작하면 냄비를 돌려 열이 골고루 퍼지게 한다. 설탕이 캐러멜화되기 시작할 때면 기포가 점점 더 많이 나타난다. 짙은 호박 빛깔이 돌면 불에서 내린다. 소스가 타지 않도록 주걱을 이용해 뜨거운 물을 붓는다. 설탕이 점점 더 진한 색을 띨 때까지 냄비를 돌린다.

7. 캐러멜 소스를 식빵 푸딩에 뿌린다.

"철분과 인이 풍부한 이 맛있는 죽은 일본의 전통적인 달콤한 음식입니다."

4인분
준비 시간: 15분
조리 시간: 10분

[마이코네 행복한 밥상]

준비할 재료

새알심 재료
• 물 200ml
• 모찌용 찹쌀가루 200g

단팥죽 재료
• 단팥 250g
• 물 300ml

오시루코
일본식 단팥죽

1. 새알심을 준비한다. 볼에 찹쌀가루와 물을 섞은 다음 반죽을 한다. 그런 다음, 손으로 반죽을 지름 3cm 정도 되는 조그만 공 모양으로 만든다.

2. 끓는 물이 담긴 냄비에 새알심을 넣고 3분 정도 익힌다. 새알심이 떠오르면 1분 더 익힌다. 새알심을 차가운 물에 담근 다음, 물기를 제거한다.

3. 단팥죽을 준비한다. 냄비에 단팥을 넣고 물을 붓는다. 끓어오르면 새알심을 넣고 2~3분 데운다.

4. 그릇에 나누어 담는다.

"유자는 자몽, 라임, 귤의 중간쯤 되는 고유한 맛을 냅니다. 아주 높은 평가를 받는 차, 구즈유에는 유자의 수많은 장점이 이상적으로 어우러져 있습니다."

[미오의 요리수첩]

준비할 재료

- 유자청 80g 또는 메이플 시럽이나 꿀 5큰술
- 유기농 구즈(칡 전분) 또는 옥수수 전분 30g
- 물 800ml
- 생강 조각(선택 사항)

유자와 구즈유

1. 냄비에 구즈를 넣고 물을 붓는다. 주걱으로 계속 저어가며 끓인 다음, 끓어오르면 불을 줄인다. 물이 투명해지면 불에서 내린 다음, 유자청을 넣는다.

2. 차를 컵에 따른다. 생강 조각을 곁들인다.

일일시호일

오모리 타츠시 - 2018년

젊은 학생인 노리코의 자서전에 영감을 받아 만들어진 영화이다. 요코하마에 있는 전통적인 가옥에서 노리코는 사촌인 미치코와 함께 다도의 기술을 조금씩 배워간다. 처음에는 다도를 익히는데 필요한 오랜 시간과 수없이 많은 규율 때문에 반신반의하던 그녀는 엄격하지만 현명한 선생님인 다케다 씨가 대대로 물려받은 대로 다도를 따르는 모습을 보며 이 섬세한 전통이 마음을 편안히 가라앉혀준다는 사실을 깨닫는다. 그리고 청년이라면 누구나 할 수밖에 없는 고민들이 닥치지만, 그녀는 차와 함께 한 발짝씩 두려움을 극복하고 자신감을 찾아간다. 이 영화는 '매일이 좋은 날'이라는 주제를 일깨우기 위해 삶과 그 미묘한 떨림에 주의를 기울이는 기술을 반복해 보여준다. 시청자는 세련미, 기교, 섬세함의 고치 속에 싸여 천 년을 이어온 전통을 주인공이 배워 나가는 과정을 통해 현재의 순간, 계절의 흐름, 잠깐의 시간 정지를 음미하도록 초대받게 된다.

앙: 단팥 인생 이야기

카와세 나오미 – 2015년

도쿄에 사는 센타로는 팬케이크 두 장 사이에 팥소를 넣은 일본의 특산물인 도라야키를 파는 작고 전통적인 가게를 혼자 운영한다. 일본에서 개봉된 영화 제목도 이 팥소를 가리키는 이름 '앙'을 사용했다. 센타로와 함께 일하겠다는 뜻을 굽히지 않는, 76살의 할머니 도쿠에 덕분에 센타로는 자신의 레시피와는 비할 수 없는 맛을 발견하게 된다. 시간이 오래 걸리는 엄격한 레시피로 만들어내는 도쿠에의 훌륭한 팥소는 이 작은 가게를 결코 없어서는 안 될 곳으로 만들며, 금세 성공을 거두게 해준다. 하지만 안타깝게도 두 주인공의 과거가 발목을 잡으며 두 사람을 전도유망했던 시작과는 전혀 다른 곳으로 데려가고 만다. 이 영화는 숨 가쁘게 발전하는 산업화 속에서 마음을 담아 자신의 기술을 전승하고자 하는 장인에 관한 감동적이고 따뜻한 이야기다. 끈기를 향한 찬가이기도 한 영화는, 사회의 뿌리 깊은 편견으로 인해 아무도 반기지 않는 이들에 대해 매우 탁월하게 인간적인 시선을 보낸다.

"봄에 즐기는 섬세하고 전통적인 다과로, 일본의 벚나무 꽃 '사쿠라'가 만들어내는 황홀한 맛이 입에 오랫동안 남습니다."

[일일시호일]

준비할 재료

• 밀가루 100g(T45 밀가루)
• 흰설탕 30g
• 찹쌀가루 10g
• 물 140ml
• 유기농 분홍색 식용색소 한 꼬집
• 단팥 200g
• 절인 벚나무 잎 8장

도구
• 코팅 프라이팬

사쿠라모찌
차와 곁들이는 간단한 다과

1. 볼에 T45 밀가루를 체 쳐서 넣은 다음 흰설탕과 섞는다.

2. 다른 볼에서는 주걱을 이용해 찹쌀가루와 물을 섞는다. 그런 다음, 1번의 밀가루와 색소 한 꼬집을 넣는다. 모두 골고루 섞일 때까지 저은 뒤 랩을 씌운 다음, 실온에 30분 동안 놔둔다.

3. 단팥을 8등분한 다음, 타원형으로 뭉친다. 그런 다음 랩을 씌워둔다.

4. 프라이팬을 약불로 데운 다음, 반죽 1큰술을 넣고, 숟가락의 등 부분을 이용해 지름 10cm짜리 원이 되도록 모양을 잡는다. 반죽이 더 이상 액체처럼 흐르지 않는 상태가 되면, 뒤집은 다음 색이 변하지 않게 조심하며 익힌다. 반죽이 익으면 마르지 않도록 랩을 씌워둔다. 나머지 7장도 같은 방법으로 익힌다.

5. 각 반죽의 가운데에 타원형 단팥 1개를 올려둔 다음, 반죽을 굴려 덮는다. 벚나무 잎으로 겉을 감싼다.

6. 말차와 함께 사쿠라모찌를 낸다.

"익힌 팥에 설탕을 넣은 팥소인 '앙꼬'를 팬케이크 두 장 사이에 끼워넣어 만든 일본의 유명한 빵입니다."

[앙: 단팥 인생 이야기]

• 기름
• 단팥 360g

팬케이크 반죽 재료
• 밀가루 200g
• 이스트 1작은술
• 달걀 3개
• 설탕 80g
• 꿀 1큰술
• 물 80ml

도라야키

1. 팬케이크 반죽을 준비한다. 볼에 밀가루와 이스트를 체 쳐서 넣는다. 또 다른 볼에 달걀과 설탕을 넣고 하얗게 될 때까지 섞는다. 달걀, 설탕을 섞은 것을 밀가루 한가운데에 조금씩 부어가며 섞는다. 매끄럽고 균일한 반죽이 만들어질 때까지 잘 섞은 뒤 15분 정도 그대로 둔다. 꿀을 물과 섞은 다음, 앞서 만들어둔 반죽과 합친다.

2. 기름을 살짝 두르고 코팅 프라이팬을 데운다. 반죽을 지름 8cm 정도의 원이 되도록 몇 군데에 붓고, 아주 약한 불에서 익힌다. 표면에 조그만 기포가 나타나기 시작하면 뒤집어서 3분 정도 더 익힌다. 같은 방법으로 반복하며 팬케이크를 전부 16개 만든다.

3. 팬케이크 1개 위에 단팥 2큰술을 올려놓고 다른 팬케이크로 덮는다. 같은 방법으로 나머지 도라야키도 완성한다.

남자는 괴로워

야마다 요지 – 1969년

25편이나 되는 〈제임스 본드〉 시리즈보다 훨씬 앞서 기네스북에 기록된, 영화사에서 가장 긴 시리즈 영화는 무엇일까? 바로 〈남자는 괴로워〉이다. 1969년부터 2019년까지 50편의 영화가 이어졌으며, 한 감독이 시리즈 전체를 담당했다. 이 영화의 주인공은 도라상이라고도 하는 구루마 도라지로이다. 괴짜 방랑자이자 감언이설을 늘어놓는 행상인이며, 술을 좋아하는 도라지로는 수십 년 동안 떠돌다가 가족에게 돌아간다. 아버지가 세상을 뜨며 누이인 사쿠라가 혼자 남겨졌기 때문이다. 도라지로는 각각의 시리즈에서 실수 때문에 매번 가족의 곁을 떠나지만, 새로운 고난과 실연을 맞이하고는 항상 가족 곁으로 돌아온다. 여러 에피소드를 통해 전국을 이리저리 누비는 비극적이면서도 희극적인 주인공은 항상 유쾌하고 열정이 넘치며, 일본에서 아주 인기가 많다.

세일즈맨 칸타로
의 달콤한 비밀

여러 감독 – 2017년

아메타니 칸타로는 일류 출판사의 영업팀 직원이다. 빵과 과자라면 사족을 못 쓰는 칸타로는 이 욕구를 채우고자 이중생활을 한다. 업무상 미팅은 최대한 서둘러 빨리 해치우고 그 사이에 맛있는 디저트를 더 잘 즐기려는 생각으로 말이다. 그는 도쿄에서 디저트를 만드는 가게들을 최대한 찾아다니며(진짜다!), 그 가게들을 '스위츠 나이트(Sweets Knight)', 즉 '달콤한 음식의 기사'라는 포부 넘치는 닉네임으로 운영하는 블로그에 적어둔다. 엉뚱한 구석이 많은 이 시리즈의 주인공은 가부키 연극 배우인 오노에 마쓰야가 연기한다. 이 시리즈에서는 첫 번째 시즌의 열두 에피소드에 걸쳐 말차 맛 크림 바바루아, 핫케이크, 안미쓰, 오하기 등 디저트가 연이어 소개된다. 각 에피소드에서는 가게를 찾아간 다음 음식을 맛보며, 칸타로가 미식을 통해 느끼는 즐거움이 계기가 되어 머릿속에서 촌극이 펼쳐진다. 음식으로 쾌감의 절정을 맛볼 때면 칸타로도 그 촌극에 가담하거나, 시럽과 크림이 밀려드는 가운데 미친 듯이 춤을 춘다. 익살스럽고 희열이 가득한 장면이 펼쳐지는 가운데, 의도적으로 만들어낸 지극히 환상적인 분위기 속에서 주인공은 달콤한 음식에 윙크를 보낸다.

> "모찌를 꼬치에 끼운 음식인 당고는 일본에서 아주 대중적인 달고도 짭짤한 경단 디저트로, 지역과 계절에 따라 다양하게 변형해서 먹습니다."
>
> [남자는 괴로워]

준비 항목

모찌 꼬치 재료(경단 16개 분량)
• 찹쌀가루 120g
• 물 120ml

미타라시 소스 재료
• 간장 4작은술
• 설탕 2큰술
• 물 100ml
• 옥수수 전분(또는 감자 전분) 1큰술

도구
• 코팅 프라이팬
• 대나무 꼬치 4개

미타라시당고
간장 시럽을 곁들인 모찌 꼬치

1. 모찌 경단을 준비한다. 볼에 찹쌀가루와 물을 섞고 주물러 반죽한다. 그런 다음, 손으로 지름 3cm 정도 되는 작은 경단을 만든다.

2. 끓는 물이 담긴 냄비에다 경단을 넣고 3분 정도 익힌다. 경단이 물 위로 떠오르면 1분 더 익힌다. 경단을 찬물에 담가 식히는데, 찬물을 새로 교체해가며 식힌다. 다 식으면 경단의 물기를 제거한 다음, 체망에 15분 정도 올려두고 말린다.

3. 대나무 꼬치에 경단 4개를 꽂는다. 아무 것도 두르지 않은 프라이팬에서 경단을 살짝 구운 다음, 접시에 올려둔다.

4. 미타라시 소스를 준비한다. 작은 냄비에 물을 붓고 옥수수 전분과 섞은 뒤, 간장과 설탕을 넣는다. 중불에서 주걱으로 계속 저어가며 끓인다. 소스가 투명하고 부드러워지면 불에서 내린다.

5. 꼬치에 소스를 바른다.

"칸타로 시리즈의 한 에피소드가 펼쳐지는 빵집인 아마미도코로 하쓰네는 전통 디저트 전문점으로, 단팥을 기본으로 만든 이 디저트를 다양한 모습으로 선보입니다."

[세일즈맨 칸타로의 달콤한 비밀]

안미쓰
시럽을 곁들인 한천과 과일

준비할 재료

- 통조림 복숭아 4개
- 귤 1개
- 통조림 체리 4개
- 딸기 4개(선택 사항)
- 키위 1개(선택 사항)
- 단팥 4큰술
- 아이스크림(선택 사항)

구로미쓰(비정제 설탕 시럽) 재료
- 흑설탕 또는 황설탕 100g
- 물 80ml

정육면체 모양 젤리 재료
- 한천 4g
- 물 500ml
- 흰설탕 1큰술

도구
- 사각형 틀

1. 구로미쓰를 준비한다. 작은 냄비에 물과 비정제 설탕을 붓는다. 중불에서 끓인 다음, 약불로 줄인다. 시럽이 걸쭉해질 때까지 5분 정도 익힌 뒤 식혀둔다.

2. 정육면체 모양 젤리를 만든다. 먼저 냄비에 물, 한천, 흰설탕을 넣는다. 주걱으로 저으며 끓이다가 끓으면 불에서 내려 사각형 틀에 붓는다. 실온에서 식힌 다음, 냉장고에 넣어 1시간 동안 식힌다.

3. 과일을 작게 자른다.

4. 굳힌 한천 젤리를 작게 깍둑썰기 한다. 볼에 나누어 담고 과일을 얹는다. 단팥 1큰술을 가운데에 올린다. 구로미쓰, 그리고 경우에 따라서는 아이스크림을 곁들여 낸다.

> "칸타로 시리즈에는 '고시앙'이나 '쓰부앙'
> 처럼 가장 고전적인 오하기 종류가 여럿
> 등장하지만, 살구 맛이나 바닐라 맛처럼
> 독창적인 종류도 등장합니다."
>
> [세일즈맨 칸타로의 달콤한 비밀]

준비할 재료

- 단팥 350g
- 다진 코코넛 50g
- 말차 가루 1큰술

떡 재료
- 찹쌀 150g
- 물 220ml

도구
- 방망이

오하기
달게 졸인 팥으로 감싼 떡

1. 쌀밥을 지을 때처럼 찹쌀로 밥을 짓는다.

2. 밥이 아직 뜨거울 때 볼에 집어넣고, 물기가 있는 방망이를 이용해 밥알을 으깬다.

3. 손에 가볍게 물을 적시고 으깬 밥을 동그랗게 뭉쳐 12개를 만든다. 단팥을 12등분한다.

4. 도마에 랩을 한 장 깐다. 단팥 한 덩어리를 랩 한가운데에 놓고 숟가락의 등 부분으로 넓게 펼쳐, 지름이 10cm 정도 되는 원 모양을 만든다. 둥글게 뭉쳐둔 밥을 그 위에 올려놓고, 사면의 랩을 접어 윗부분에서 꼰다. 손바닥에서 조심조심 굴려가며 동그랗게 모양을 잡은 뒤 랩을 제거한다. 나머지 11개도 같은 방식으로 반복해 만든다.

5. 4개의 겉면에 다진 코코넛을, 다른 4개에는 말차 가루를 묻힌다. 나머지 4개는 단팥으로 감싼 그대로 둔다.

부록

요리와 영화 목록

소울무비, 소울푸드

요리 목록

영화 목록

감사의 글

저를 믿어주고, 제게 마음을 터놓아주고, 이 모험에 나설 기회를 준 마리 바우만에게 무한한 감사를 보냅니다. 함께 일할 수 있어서 정말이지 자랑스럽고 영광이었습니다. 언제나 인내심과 다정함으로 대해주며 너무나 큰 도움을 준 루이즈 아그레쉬에게도 감사합니다. 아름다운 사진을 찍어준 다비드 보니에에게 감사합니다. 사진이 전부 맛있어 보였어요! 디자인과 독창성을 선보여준 사라 바세지에게 감사합니다. 숭고하고도 때로는 아주 시적으로 보이는 이미지를 만들어준 니콜라 보주앙에게 감사합니다.

이 책에서 선정한 일본 영화에 대해 수준 높은 영화 소개글을 써준 피에르-올리비에 봉피용에게 감사합니다. 당신의 글 덕분에 더욱 돋보이는 책이 되었습니다. 뤽 응우옌도 절대 빼놓아서는 안 되죠! 제게 자신의 시간을 할애해주며 모든 조언을 아낌없이 들려준 데에 감사합니다.

그리고 이 책을 함께 만들어 준 모든 사람들에게 감사합니다.